L'Estrange Malaventure de Mirella

Flore Vesco

L'Estrange Malaventure de Mirella

M+
l'école des loisirs
11, rue de Sèvres, Paris 6e

Loi n° 49.956 du 16 juillet 1949 sur les publications
destinées à la jeunesse : avril 2019
Dépôt légal : décembre 2022
Imprimé en France par CPI Firmin Didot
à Mesnil-sur-l'Estrée (172488)

ISBN 978-2-211-31281-3

Prologue

Ce que je m'en vais conter eut lieu il y a fort longtemps, dans la bourgade d'Hamelin. Comme chacun sait, cette cité est sise dans les nordiques contrées du Saint Empire germanique. Là-bas se déroulèrent des événements terribles et inouïs.

Cette histoire a agité bien des langues. Elle a voyagé, a été maintes fois couchée par écrit. Peu à peu, l'affreuse malaventure est devenue un conte pour enfants. Une courte fable qu'on narre aux marmots avant le coucher, pour peupler leurs rêves de sordides images.

Les versions du conte varient selon les contrées, mais la trame en est toujours semblable. Or donc ! La voici : la ville d'Hamelin est envahie par les rats. Arrive un étranger, un jeune gaillard, attifuré à la diable. Il conclut un marché avec le bourgmestre.

Au son de sa flûte, il envoûte les rats, qui le suivent comme des moutons. L'étranger les conduit hors de la ville, jusqu'à la rivière, où les nuisants se noient. Quoi fait, le jeune homme revient au bourg afin de quérir la somme qui lui est due. Mais le bourgmestre, en sa vile avarice, refuse de payer. Point ne se fait attendre la vengeance du joueur de flûte. Nuitamment, il retourne à la ville. Voici qu'il joue un nouvel air diabolique, lequel ensorcelle les cent trente enfants d'Hamelin. Les marmousets le suivent en dansant tandis qu'il les entraîne hors du bourg. Une jeune fille sourde, et un enfantelet boiteux, sont incapables de le suivre. Ils seront les seuls rescapés : comme il a fait des rats, l'étranger noie les enfants, avant de s'ensauver.

Voilà ce que dit le conte. Las ! N'écoutez point cette puérile historiette, glanée d'après les racontars et fableries des colporteurs. L'affaire ne s'est pas déroulée telle qu'on la dit. La véritable histoire est bien pire.

Chapitre I

Il était une fois

En haut d'Hamelin, à la tête de la ville, il y avait le bourgmestre. C'était un homme mûri par les années et enflé par la bonne chère. Il savait du latin. On trouvait abondance de florins en ses coffres. Il était fort bien né et fortuné.

En bas d'Hamelin, sur le pavé, il y avait Mirella. Point n'est besoin de faire son portrait. Revoyez la description du bourgmestre, retournez-la sur l'envers : tout l'opposé, voilà Mirella.

Ce matin-là, le bourgmestre se leva sur une idée bien étonnante et intrépide : il allait se faire beau. Il entendait se pimplocher à ravir, pour paraître à son avantage lors du festin qu'il donnerait au soir en son logis. On ferait bonne ripaille en l'honneur de sainte Aldegonde, la patronne des veuves et des bidets. Le vin gouleyant coulerait à flots, et aux poulardes succéderaient les pâtés de cerfs, porcelets et chevrettes rôties.

Ce même matin, Mirella arrêta une résolution tout aussi ambitieuse : elle allait se faire discrète et servile. Elle entendait ployer le col, s'effacer, pour échapper aux regards convoiteux et aux mains insistantes, et survivre ce jour encore à Hamelin.

Tous deux ignoraient à quel point leur souhait serait difficile à satisfaire.

Par respect envers son rang, commençons avec le bourgmestre. Dans tout le Saint Empire, seuls cinq Germains avaient l'heur de posséder un véritable miroir. Le bourgmestre était l'un d'eux. (Le restant des habitants, s'il leur prenait l'envie de mirer leur joli minois, devait plisser les yeux et observer leur reflet légèrement déformé sur la surface d'une plaque de métal poli.)

Le bourgmestre avait acheté le miroir à un pied-poudreux, un colporteur qui rentrait de Constantinople. Moyennant mille florins sonnants et trébuchants, il était devenu le propriétaire de cet objet sans doute magique. C'était un petit boîtier d'argent, à l'intérieur duquel était enchâssée une plaque de verre recouverte d'une couche d'étain et de mercure. Lorsqu'on faisait glisser le couvercle, un charmement opérait : on découvrait son visage avec autant de netteté que lorsqu'on mire son voisin à bout de nez.

Ce qui n'avait pas que des avantages.

Le bourgmestre se pencha au-dessus du miroir et recula sur-le-champ. Du fond de la boîte, le Diable en personne le contemplait. Car qui d'autre que le Démon aurait une face aussi repoussante ?

Le bourgmestre tira la langue. Sitôt, le Diable montra une langue épaisse, grise et grenue. Il vint à l'entendement du bourgmestre que c'était son visage qu'il apercevait là, et non celui d'une créature de l'enfer.

Cette peau graisseuse, ornée de pustules suintantes, était sienne. Lui appartenait ce crâne qui rappelait les paysages rocailleux du Sud : une couche sableuse et jaunâtre, d'où jaillissaient qui-ci, qui-là, quelques buissons de cheveux luisants.

Sa denture anarchique avait une couleur inattendue, vert foncé virant au noir. Le bourgmestre gratta son incisive du bout de l'ongle. Sous la croûte brune, l'émail jauni apparut.

– Ma mie ! Ma mie ! Las ! À l'aide !

À ces criements, sa dame abandonna prestement son ouvrage et courut, toutes jupes relevées, au secours de son mari.

Elle le trouva en grand déconfort et pâtiment, levant les bras au ciel et jurant par le sang-Dieu que nul sur terre n'avait plus grande laidure que lui. Elle fit de son mieux pour le conforter. Elle lui assura qu'il avait l'air très digne. Le bourgmestre continuait à se marteler la poitrine.

– Maudite soit l'heure que je me vis ! s'écria-t-il.

Après lui avoir maintes fois répété qu'elle lui trouvait une allure fort respectable, à la parfin, sa dame se risqua à suggérer :

– Pourquoi ne pas prendre ce jour d'hui votre lavement annuel ?

Le bourgmestre envisagea cette proposition, qui lui parut bonne.

Il passa la porte de sa chambre. Dans la grande salle à manger, en préparation des festivités, la valetaille s'affairait, sortant la table et les bancs, et posant au sol de terre battue une bonne paille fraîche embaumée de pétales de fleurs. Le bourgmestre quitta son logis, une grande demeure en bel appareillage de brique et de pierre, avec une ouverture en encorbellement, par laquelle il contemplait les habitants de sa ville.

Sa maison était commodément sise devers le beffroi, la prison et la grand-place. Il contourna l'estrade, sur laquelle on dansait les jours de fête, et où l'on pendait les marauds le reste de l'année. Enfin, il arriva à l'étuve.

L'étuveur l'accueillit avec moult courbettes et le conduisit à travers les bains publics. Il l'invita à prendre place sur un fauteuil. Aussitôt, trois barbiers se mirent à l'accommoder. Le premier passa le fusequoi entre les gencives du bourgmestre et farfouilla entre les dix-huit dents qu'il lui restait. Le deuxième avait la noble tâche de lui curer longuement les ongles avec une furgette. Le troisième lui purgea les oreilles à l'aide d'une escurette. Il débourba et babichonna tous les couloirs, canaux et recoins des seigneuriales oreilles. Lors de cette opération, il recueillit près d'un boisseau de belle cire jaune.

Après ces menues papouilles, l'étuveur aida le bourgmestre à ôter son surcot, qui était de bonne et vive étoffe. Il le dépouilla de sa chemise et de ses chausses. Puis il se dirigea vers une haute cuve. Le bourgmestre suivit en dodelinant du ventre et du croupion. Il était petit, mais charnu : il compensait la courtesse de ses membres par la largeur de son buste.

– L'eau est de douce et moyenne chaleur, messire, dit l'étuveur en s'inclinant. Des garces mignottes viendront vous tenir compagnie dans l'eau pendant que vous vous estuvez, ajouta-t-il en gesturant en direction de trois jouvencelles.

Celles-ci portaient de longues chemises transparentes. Le fin tissu, détrempé par la vapeur, épousait leurs membres bellement rondis et leur engageante poitrine. Elles agitèrent leur houssoir, ce plumeau avec lequel elles frottaient le dos des clients.

– Baignez-vous, messire, continua l'étuveur. Et si la faim vous torture, nous vous porterons quelque pitance sur la planche que voilà. Quoi vous siérait ? Charcuterie, andouille, lard, jambon ? Ou poiscaille séchée ?

Mais le bourgmestre n'écoutait plus. Il inspectait la cuve d'un air soupçonneux.

– Elle n'est pas claire, votre eau ! dit-il.

L'étuveur s'ombragea. Le bourgmestre faisait affront à la qualité de son établissement.

– Point pure, mon eau ! s'exclama-t-il. Cinq clients seulement s'y sont baignés avant vous. Lorgnez vous-même : à peine vingt puces flottent à la surface !

Le bourgmestre, intraitable, leva le menton. Jamais il ne tremperait dans le bain d'un quidam de rang inférieur.

L'étuveur dut fléchir. Il sortit devers l'entrance

de son établissement et sonna la cloche qui servait à réclamer l'eau.

Profitons-en pour observer la ville. Hamelin ressemblait à une marmite. C'était une vaste cité ronde, entourée d'une courtine et remplie à ras bord d'une populace bouillonnante. Les rues étroites et méandreuses, où il y avait à chaque coude grand embarras de charrois, débordaient d'ateliers et d'échoppes.

Il y régnait une merveilleuse cacophonie.

Devant leur huis, drapiers, pâtissiers, tisserands, verriers et chausseurs interpellaient les passants. Leurs balivernes étaient couvertes par les braillements des vendeurs à la criée, des ramasseurs de chiens, des marchands de peaux de chat. S'y ajoutaient les jactances des vilains, vilaines et vilainiots, qui dès la pique du jour quittaient leur triste tanière pour confabuler au plein air.

Soudain, par-dessus ce tapage, une vive et mélodieuse rengaine retentit. C'était le chant du porteur d'eau. L'étuveur vida en partie sa cuve et ralluma les braises. Le porteur y versa deux grands seaux d'eau pure. Alors seulement le bourgmestre consentit à s'y tremper. Il s'enfonça dans le bain, poussa un soupir de contentement, et s'exclama :

– Et mon plateau de charcutaille ? Où est-il donc ?

Quittant l'étuve, le porteur d'eau repartit à bonnes jambées. Mais regardons plus attentivement icelui : oui-da, c'est bien là une porteuse, et non un porteur. Fi donc ! Il faut avoir de bons yeux pour reconnaître une jouvencelle sous les lambeaux de toile qui lui couvrent le corps !

Cette dernière était des pieds à la tête de guenilles accoutrée. Un chiffon retenait ses cheveux, dégageant le visage et le front. Un autre drapel comprimait sa poitrine, pour éviter que son buste frotte contre la barre transversale qui soutenait les deux seaux. Une dernière loque en forme de jupon lui enserrait la taille. Elle en avait relevé les pans pour les passer entre ses cuisses, en une sorte de braies, afin de mieux aisément arpenter la ville. Sa défroque était plus misérable encore que celle d'un manant et, de prime abord, rien ne laissait deviner que c'était une garce qui se cachait dessous.

Un observateur plus attentif, cependant, se serait étonné de la petitesse des pieds nus, noirs de poussière. Il aurait aussi été frappé par la démarche de la donzelle, secrètement dansante, surtout quand les seaux étaient vides.

Elle était bien moins crottée et puante que les habitants d'Hamelin car, plusieurs fois le jour, elle entrait dans la rivière pour y remplir ses seaux. Son corps avait la minceur de ceux qui sont peu nourris depuis l'enfance. Aucune chair ne venait rondir ses muscles déliés, durcis par des années de labeur. Mais elle n'avait point encore cette maigreur décharnée qu'on voit aux gueux après des années de privations. Elle n'avait pas la lourde poitrine tombante, le dos plié, les dents jaunies des vilaines d'Hamelin, car elle sortait de l'enfance, sans être encore devenue femme. À cette heure, elle avait gardé la verdeur d'un corps neuf, et des formes y poussaient résolument. Elle était dans l'âge le plus dangereux pour une pucelle.

Son visage était toujours baissé. Elle évitait de croiser les regards, et ne souriait pas.

Vous l'aurez sans doute compris, nous avons retrouvé Mirella. Mais cette dernière ne nous laisse pas le temps de l'envisager : la voilà sur l'heure repartie.

Dans la rue suivante, elle aperçut un compain porteur d'eau, occupé à son dur labeur. Il la salua chichement.

Sans doute êtes-vous émerveillé de voir ainsi l'eau circuler dans Hamelin. Bien faut-il le dire : cette cité brillait par ses ingénieuses inventions. Sous l'instruction de son bourgmestre, Hamelin était devenue une ville de grande modernité.

Un exemple. Partout ailleurs dans le Saint Empire germanique, les citadins jetaient leurs eaux usées dans la rue, en criant : « À la mouscaille ! » Aussi n'était-il pas possible de sortir de chez soi sans recevoir au moins une fois sur la tête le contenu malodorant d'un pot de chambre.

Alors qu'à Hamelin, une fois par an, lors d'une grande messe, le prêtre bénissait les caniveaux de la ville, les pots de chambre et les intestins de ses paroissiens. Par conséquent, les badauds qui se trouvaient compissés ou souillés par des ordures jetées depuis les fenestrous, recevaient en fait une onction sacrée qui participait au salut de leur âme.

Un autre exemple. Partout ailleurs dans le Saint Empire germanique, circuler nuitamment était fort aventureux. Sans lumières, les rues étaient livrées aux truands et coupe-jarrets, qui n'hésitaient pas à vous ouvrir la gorge, avant de vous alléger de votre bourse.

Alors qu'à Hamelin, les rues étaient tout autant mal famées, et on s'y faisait occire aussi bien. Mais le bourgmestre, avec grande largesse, baillait en réparation la somme de trois florins à la famille de la victime, à condition toutefois que leur proche fût entièrement mort, et non seulement estropié. Par conséquent, depuis ce décret, un nombre conséquent de personnes âgées, infirmes ou mal allantes, étaient assassinées chaque soir dans les rues de la ville. C'était à se demander pourquoi tant de bouches à nourrir s'égayaient dehors la nuit.

Un dernier exemple, et le plus émerveillable. Partout ailleurs dans le Saint Empire germanique, les incendies dévoraient des quartiers entiers une fois par mois, car les bâtisses en bois, entassées les unes contre les autres, s'enflammaient promptement.

Alors qu'à Hamelin, les incendies étaient tout aussi fréquents. Mais les habitants les éteignaient bien vitement, le bourgmestre ayant fait installer l'eau courante.

Cette eau courante était sans conteste l'invention dont le bourgmestre était le plus fier. Il en avait eu l'idée voilà sept années. Pour cela, il avait nommé dix porteurs d'eau, choisis parmi les enfants trouvés d'Hamelin. Ces galapians, dans leurs maillots et enfances, avaient été gracieusement nourris, logés et soignés par les nonnes. Rien de plus juste, en ce cas, qu'ils doivent dix ans de loyaux services à la ville.

Le bourgmestre avait sélectionné les enfantelets les moins boiteux et maigrelets. Ces orphelins avaient chacun reçu deux seaux et un quartier de la ville à abreuver.

Oh ! il faut bien le reconnaître : dans les premiers temps, Hamelin avait surtout bénéficié d'une eau trottante, voire traînante, surtout en fin de journée.

Alors, le bourgmestre était monté dessus l'estrade et avait dit un beau discours :

– Mes braves compères, nous devons chacun y mettre du nôtre et encourager les porteurs d'eau dans leur besogne. Si tous, en bel ensemble, les aidons à travailler, bientôt nous pourrons nous glorifier d'être la première ville du Saint Empire supérieurement irriguée. Aussi, je vous en prie, ne ménagez pas votre effort. Quand nos porteurs ne courent pas assez vite, prenez le bâton et frottez-leur rigoureusement les mollets.

Les habitants aimaient leur ville et respectaient leur bourgmestre. Ils s'étaient exécutés de bon cœur. Au fil des années, sous ces bienfaisants coups de trique, les porteurs s'étaient endurcis et fortifiés. Ils avaient appris à couvrir à grands trottons leur quartier. Désormais, l'eau courait à Hamelin.

Mirella continua son chemin. Elle arriva à la

grand-porte, par où l'on sortait d'Hamelin. Avant de passer la courtine, elle fut hélée par le mendiant.

– Ohé, ribaude ! cria-t-il. De l'eau, tudieu !

Le bourgmestre ayant pourvu à tout, Hamelin avait trois mendiants officiels. Il va de soi qu'une ville remplie de pouilleux est une calamité. À rebours, une cité sans miséreux est tristement incomplète. La présence de pauvres gens assure l'équilibre des richesses : les bourgeois peuvent leur faire l'aumône et, par là, multiplier leurs chances d'avoir une place au paradis.

Le bourgmestre avait donc passé en revue tous les pauvres hères d'Hamelin, et sélectionné un échantillon représentatif et varié, parfaitement assorti à sa ville.

Dans le quartier sud, qui jouissait d'un bel ensoleillement, un aveugle officiait. Ses yeux morts, qui jamais ne pouvaient admirer les rayons du soleil, étaient bien propres à apitoyer les habitants. Le quartier bourgeois, situé sur les hauteurs de la ville, abritait un nain. Ainsi, les seigneurs bien étoffés qui logeaient dans de belles bâtisses à étages avaient tout loisir de s'émouvoir, depuis leur balcon, de la petitesse du mendiant. Enfin, le bourgmestre s'était alloué un seyant jeu de mots. Dans le quartier marchand, il avait installé un pied-bot qui, avec sa jambe difforme, ne pouvait plus marcher. Bien entendu, il avait chassé tous les autres nécessiteux.

Les manants officiels bénéficiaient d'un privilège à vie : ils pouvaient mendier partout dans les limites de leur quartier. Nul autre qu'eux trois à Hamelin n'avait le droit de se retrouver à la rue, ou de demander la charité.

Pour l'heure, c'était l'estropié qui venait de mander l'eau à Mirella.

Étant rigoureux en son office, il s'employait à bien gueuser. Aussi était-il étique et rachitique, brèche-dent et caliborgnon, comme il se doit pour un manant.

Il siégeait à même le sol, et se tordait le cou pour mirer les cuisses de la drôlesse, sous ses guenilles. Hélas ! Les loques étaient bien serrées entre ses gambettes.

La porteuse gardait toujours un fond d'eau dans chaque seau. Elle emplit la gourde du mendiant. Il but à grandes lampées, vida sa flasque et réclama qu'elle la remplisse derechef. Elle le servit sans barguigner. Quand la gourde fut pleine, le mendiant manda de l'eau pour baigner ses mains. La porteuse lui versa le fond d'un des seaux.

Il voulut alors se rafraîchir la nuque.

Mirella entendait bien que le mendiant se gobergeait à ses dépens, à toujours réclamer. Pourtant, hors de question pour elle de ne point obéir. Le monde était bâti selon un ordre immuable. De haut en bas, du plus puissant au plus faible, on trouvait :

Dieu

↓

l'empereur du Saint Empire germanique

↓

les seigneurs

↓

le bourgmestre

↓

les échevins

↓

les notables

↓

les artisans

↓

les commerçants

↓

les chiens de garde

↓

les femmes

↓

les mendiants

↓

Mirella

Plus on était en bas de l'échelle, plus il était essentiel de ployer le cou. Mirella, depuis l'enfance, s'inclinait jusqu'à terre. Elle était de complexion méfiante et craintive. Dès le lever, elle affichait une contenance pliante et soumise. Elle obéissait, les yeux au sol et, grâce à cela, elle était encore en vie ce jour d'hui.

Aussi versa-t-elle ce qu'il lui restait d'eau sur la nuque du mendiant. Comme encore il en réclamait, elle s'engagea à s'arrêter lors de son retour, avec ses seaux pleins. Elle rehaussa l'anse sur ses épaules et reprit son chemin.

L'estropié, en guise d'adieu, lui donna une claque sur les fesses. Une bonne tape sur le croupion, comme on ferait aller une mule. Mirella serra les dents. Elle encaissa la fessée, qui fit courir un frisson de dégoût sur sa peau, et s'éloigna sans se retourner.

Nous étions en juin, aux commençailles de l'été : la chaleur cuisait la ville. Sans doute voudriez-vous aussi connaître l'année au cours de laquelle se déroule cette affaire ? Je ne vous l'ai point encore donnée, bien le sais-je.

Hélas, il est difficile de vous apporter une réponse. Le manant que nous venons de croiser ne sait pas même en quel siècle il mendie. Si nous demandions à la belle alberguière qui officie en la gargote du bourg, celle-ci annoncerait sans doute que nous sommes en l'an 1284.

– Si bien je me ramentois, dirait-elle, pour sûr, en 1274, c'était l'année de l'ours qu'a assisté à la messe. Or c'était il y a dix ans au moins.

(En 1274, un ours s'était en effet égaré dans la chapelle, où il avait dévoré une boîte entière d'hosties. Le prêtre avait crié au miracle : cette bête sauvageonne avait été touchée par la grâce divine et, dans son animale ignorance, cherchait à communier. Le prêtre avait béni l'ours et voulu ensuite le mener au confessionnal, la bête ayant certainement nombre péchés à se reprocher. Sans la moindre charité chrétienne, l'ours avait arraché son bras au prêtre, puis mangé une religieuse, avant de s'enfuir hors de l'église.)

Et si un des échevins venait à passer l'entrance de l'auberge, il s'exclamerait :

– Que nenni, nous sommes en l'an 1280 ! Car voilà trois ans que le doyen du conseil a trépassé.

(En 1277, tandis qu'il défilait lors d'une procession, digne et grave, le doyen avait posé le pied sur sa longue barbe blanche, qui descendait jusqu'à terre. Tant violemment avait été emporté son menton, qu'il s'était brisé la nuque et avait aussitôt passé de vie à trépas.)

Enfin, très certainement, le sergent d'armes interviendrait :

– Si fait ! Plutôt sommes-nous en l'an 1275. Voilà quatre hivers qu'a passé l'affaire de la veuve Moritz.

(En 1271, la veuve du tisserand Moritz, qui élevait seule dix enfançons roux, avait un soir trouvé onze petiots à sa table, à l'heure de la potée. Tous les marmots étaient rousseaux. La veuve, étant incapable de démêler lequel n'était pas sien, avait à la parfin adopté un rejeton supplémentaire, en priant pour que cet étonnant phénomène de multiplication ne se reproduise plus.)

À moins que notre récit ne se déroule cinq ou dix ans plus tard : d'autres habitants interrogés se rappelleraient sans doute l'hiver 1279, celui du grand débat sur le nuage en forme de Saint Graal ou de chien. Ou encore l'automne 1283, quand les croisés leur avaient fait l'honneur de piller Hamelin, et non la ville voisine.

Bref, notre histoire se passe pendant le règne de Rodolphe de Habsbourg, à une époque qu'on appelle aujourd'hui le Moyen Âge classique. C'était un temps où les hommes qui parvenaient à vivre jusqu'à trente ans étaient des vieillards, où les femmes étaient mères de cinq ou six enfants à vingt ans. En ces temps-là, on prenait son bain en public. Les maisons ne disposaient que d'un seul grand lit, dans lequel dormaient toute la famille, la servantaille et les étrangers de passage. On ne savait jamais quelle heure il était ; les journées étaient rythmées par la cloche de l'église, qui sonnait d'abord prime, puis tierce, sexte, none, vêpres et enfin complies au coucher du soleil. Le chocolat, la pomme de terre et la tomate n'existaient pas encore.

Pendant nos supputations, Mirella ne perdit point son temps. Elle passa l'enceinte qui protégeait la ville. À l'entrance, deux gardes somnolaient, appuyés sur leur hallebarde.

Elle prit un sentier à travers champs. Loin du tumulte d'Hamelin et des regards des habitants, son visage se dérida. Ses épaules se décrispèrent. Elle releva la tête.

Pas pour longtemps. Son corps à nouveau se tendit, en alerte.

Près de la rivière, elle avait aperçu Guerric. Ce grand gaillard, lui aussi porteur d'eau, était âgé de quelques années de plus. La face mâle, le poil brun, il avait un menton saillant, des joues tannées comme cuir par le soleil. Avec ça, impétueux et haut à la main comme un poulain non encore débourré.

Les alentours de la ville étant déserts ce jour-là, il en profitait pour faire un somme, allongé dans l'herbe.

Mirella avança à pas menus, priant pour ne point le réveiller. Impossible d'aller ailleurs puiser l'eau : la Weser était une rivière tumultueuse. Près de cette rive, les remous se calmaient. Partout ailleurs, on ne pouvait y mettre les pieds sans s'aventurer à la noyade.

La porteuse se pencha pour remplir son seau. Elle avait de l'eau jusqu'aux coudes, quand elle sentit qu'on lui serrait les hanches. Guerric ne dormait que d'un œil. Oyant la garce s'approcher, il s'était faufilé derrière elle en tapinois, et l'avait attrapée. Mirella ne chercha pas à se défaire de son emprise. Elle était prudente. Si elle réagissait violemment, Guerric risquait de s'enccolérer. Il tenterait de la meurtrir, ou s'emporterait jusqu'à la culbuter dans l'herbe.

– Paix-là ! lui dit-elle doucement. Guerric, je dois repartir sans languir, on attend mon eau au bourg.

Guerric répondit par un grognement. Il continua son exploration. Ses mains remontaient sur les flancs de la jeune fille. Mirella attentait de garder l'esprit froid. Elle ne devait pas céder à l'épouvante que provoquaient chez elle les mains carrées de Guerric, qui palpaient son corps sans ménagement. Le porteur faisait de méritoires efforts pour glisser ses pattes sous les linges bien serrés. Le tissu solidement noué lui résistait. Il commença à tirer pour le déchirer.

– Cesse donc, continua Mirella, le plus calmement possible.

Guerric se redressa de toute sa hauteur. La porteuse, qui avait grandi avec lui et bien le connaissait, vit qu'il était sur le point de s'emporter et de se jeter sur elle de tout son poids. Elle reconnut le danger, si familier, d'être forcée et déshonorée.

Promptement, sans lui laisser le temps de mettre à exécution son vil dessein, elle empoigna le bâton qui retenait les deux seaux, le fit voler sur le côté. La pointe bouta le jeune homme en plein ventre. Il se plia en deux. Mirella assura l'anse sur ses épaules, et saillit hors de son étreinte avant qu'il retrouve son souffle. Maugré le poids des seaux pleins, elle parvint à guerpir jusqu'à la grand-porte. Au loin, elle l'ouït brailler des jurons, mais déjà elle franchissait le guet.

Elle entra en ville, sans apercevoir le manant estropié, caché dans un renfoncement de la courtine.

Ce dernier avait suivi Mirella. Dès qu'elle avait franchi l'enceinte, il s'était relevé. Son pied déformé s'était remis en place comme par miracle. Il avait cavalé jusqu'à la rivière, où il espérait glaner quelques caresses supplémentaires de la part de la porteuse d'eau. Depuis les buissons, il l'avait épiée. Il venait d'assister à l'échange entre Mirella et Guerric, tout excité de voir la jouvencelle se faire tâter les chairs.

Mirella retrouva le tintamarre des rues d'Hamelin. Elle disparut dans la foule, le nez baissé, l'esprit fermé, les muscles tendus, l'oreille à l'écoute des cloches qui sonnaient pour réclamer l'eau. Elle avait échappé au danger. Pour cette fois.

Mais il n'était pas dit qu'on la laisserait en paix. Elle sentit qu'un quidam marchait dans ses pas, s'arrêtant quand elle s'arrêtait, repartant quand elle repartait.

Elle se retourna posément, pour ne point vexer ou heurter celui qui la suivait. Elle abandonna toute complaisance quand elle reconnut qu'il ne s'agissait que d'un enfant, lequel, donc, ne présentait aucun danger.

– Qu'as-tu affaire à moi ? demanda-t-elle.

Le garcelet était haut comme un buffet, pauvreteux et fort maigriot. Il avait la tête blonde et poussiéreuse, les joues grises et creusées. Il portait une chemise en haillons et des chausses trop grandes pour lui, retenues à la taille par une corde.

– Si tu veux quelque pitance, petit marmouset, tu frappes à la mauvaise porte, dit Mirella. Tu vois bien que je n'ai rien ! Je puis te donner de l'eau, c'est tout. Et prends garde que l'exempt ne te surprenne en train de mendier, ou tu auras des noises.

L'enfant bégaya quelques mots au sujet de l'hospice, des enfants trouvés et de sa corvée d'eau.

– Ah, tu es la relève !

Mirella s'adoucit.

En ces temps, à Hamelin, un enfant pauvre était un estomac à remplir, et rien de bien plus. Tout le monde savait que les petiots n'avaient point encore la tête bien formée, qu'ils n'avaient nulle volonté ou entendement avant une dizaine d'années. Pourtant il fallait les entretenir, dans l'espoir qu'une fois grandis, ils se rendent enfin utiles. Sur l'échelle du monde, les enfants étaient placés tout en bas :

Dieu

↓

l'empereur du Saint Empire germanique

↓

les seigneurs

↓

le bourgmestre

↓

les échevins

↓

les notables

↓

les artisans

↓

les commerçants

↓

les chiens de garde

↓

les femmes

↓

les mendiants

↓

Mirella

↓

les enfants

– Comment te nommes-tu ? demanda Mirella.

L'enfantelet baissa les yeux et marmonna trois syllabes incompréhensibles.

– Répète et articule, mordieu !

– Je m'appelle Pankratius, dit-il en rougissant.

Tant ce prénom était risible, que la porteuse d'eau resta un instant bouche bée. Elle partit d'un grand rire, qui dévoila ses dents blanches. Cet éclat de gaîté, franc et soudain, enlumina son visage d'ordinaire si fermé.

– J'ai été abandonné le jour de la Saint-Pankratius, expliqua l'enfant.

– Ah, ça ! Ce prénom, c'est chié chanté ! Les sœurs, elles ne t'ont point manqué lors du baptême, continua Mirella en riant.

– C'est le saint patron des enfants et des engelures, ajouta-t-il.

– Bien, je te crois. Or donc, et si je t'appelais Pan ? Quoi dis-tu de cela ?

L'enfant releva la tête. Pan, ça sonnait bien.

– Et cesse de rechigner, les bonnes sœurs m'ont donné un nom affreux, à moi aussi, quand elles m'ont recueillie, ajouta la porteuse. Elles m'ont nommée Röschen.

– Röschen ? s'étonna Pan. Pourquoi ?

La porteuse cessa de rire.

– Appelle-moi Mirella, et restons-en là, dit-elle. C'est le prénom que je me suis choisi, et c'est ainsi que tous me connaissent.

Pan opina diligemment.

Mirella envisagea le marmouset. L'échevin l'avait choisi parmi une nichée d'enfants trouvés. Il avait pris icelui qui avait le dos droit et deux jambes de la même longueur. En dehors de ces deux qualités, Pan n'était ni haut ni gaillard. Il aurait bien de la peine à assurer la besogne, les premiers mois.

– Assez cabassé, or i allons ! lui dit-elle. Suis-moi.

En marchant, elle lui expliqua :

– Tu remplaces Konrad. Il est parti parce qu'il avait fait ses dix années. Maintenant il peut travailler pour lui. Il est chanceux d'avoir trouvé une place comme apprenti chez le forgeron.

– À partir du jour d'hui, je vais travailler pendant dix ans ? Dix ans à porter de l'eau ?

– C'est cela. Quel âge as-tu ?

– Je ne sais, répondit Pan.

Mirella le jaugea.

– Si bien m'apense, tu dois avoir dix ans.

– Oui-da, dit Pan, satisfait par ce chiffre rond.

– Maintenant, faisons le compte. Tu pourras quitter ta besogne de porteur d'eau quand tu auras…

Mirella fronça les sourcils en signe d'intense concentration. Ses lèvres remuaient, tandis qu'elle attentait de se remémorer ses chiffres.

De son côté, Pan fit de vaillants efforts pour calculer avec ses mains. Mais bientôt il s'aperçut qu'il n'avait pas assez de doigts, et l'écheveau des nombres s'emmêla dans sa cervelle.

– Quand tu auras trente ans ! s'écria Mirella à la parfin. Nenni, attends, cela me semble bien vieux. À cet âge, qui sait si tu seras encore debout. Reprenons. Il faut prendre dix auxquels on ajoute dix de plus…

Nouveau froncement de sourcils.

– Voilà, conclut-elle, tu seras libre quand tu auras vingt ans.

Pan opina du chef, la bouche bée. Il était impressionné, et par cet âge, qui lui semblait lointain et inatteignable, et par les talents de Mirella pour la mathématique.

– Et quant à toi ? demanda Pan. Combien d'années encore il te reste ?

À cette question, Mirella avait réponse. Elle avait fait ses commençailles dans le métier à huit ans. Dès le premier jour, elle avait marqué d'une encoche le mur près de sa couche. Chaque soir, elle comptait ainsi une nouvelle journée de survie.

– Voilà sept années que je porte l'eau, dit-elle.

De manière fort adaptée au bon déroulement de notre histoire, Pan et Mirella achevèrent cet échange juste comme ils arrivaient devers la demeure du bourgmestre. Mirella contourna la façade et frappa à une petite porte dans l'arrière-cour.

Le bourgmestre avait sous sa tutelle un conseil de dixéchevins, des notables qui veillaient à la bonne marche de la ville. L'un d'eux avait en charge la troupe de porteurs d'eau. Il bailla à Pan les deux seaux qui deviendraient une extension de ses bras pour les dix ans à venir.

Mirella l'aida à ajuster la lanière en cuir, qui était trop longue pour les étroites épaules de l'enfant. À chaque bout pendait un gros seau en bois. Un bâton, tendu entre les deux seaux, assurait l'équilibre.

Sans languir, Pan s'attela à la besogne, sous la supervision de Mirella, qui le conduisit jusqu'à la rivière. Guerric n'était plus en vue.

– Prends bien garde, la Weser est tempétueuse, lui dit Mirella. Si tu tombes à l'eau, tu n'en sortiras pas.

Elle lui montra comment s'agenouiller sur la rive pour ne pas choir dans le remous.

Ils repartirent, les seaux pleins. Mirella indiqua à Pan les limites de son quartier. Le garçonnet avait peine à la suivre.

À la mi-journée, Mirella prit le parti de remplir ses seaux jusqu'à ras bord, tandis que ceux de Pan étaient pleins à moitié. Ainsi, à eux deux, ils portaient peu ou prou même quantité d'eau. Malgré cela, l'enfant trébuchait de lassitude à chaque pas.

– Je sais ce qu'il te faut, dit Mirella. Tu dois apprendre le chant des porteurs d'eau.

Elle se mit à fredonner.

Le virelai des porteurs d'eau

Deux seaux, de l'eau
De-ci, de-là.

Sortez vos tonneaux et flacons
Bidons et pots, et vos cruchons.

Deux seaux, de l'eau
De-ci, de-là.

Tendez barils et barillets
Godets, pichets et gobelets.

Deux seaux, de l'eau
De-ci, de-là.

Le rythme des paroles scandait leur marche.

En oyant la voix fraîche et rythmée de Mirella, Pan se sentit ragaillardi. Il lui parut que les modulations du chant l'aidaient à avancer.

– Fi donc ! s'exclama-t-elle soudain, cessant de chanter. Je ne t'entends point m'accompagner.

Pan balbutia qu'il ne savait pas chanter et qu'il préférait écouter. Il voulait garder son souffle. Mirella ne l'entendait pas de cette oreille.

– Tout le monde sait chanter, dit-elle. Qui donc me l'aurait appris ? Et pourtant je chante, comme tu vois. La musique, cela vient tout seul.

Elle s'arrêta devant l'enfant pour mieux impressionner en lui son propos.

– Quand nous avons été choisis pour la corvée d'eau, le bourgmestre nous a donné un cri. On devait annoncer : « À l'eau ! » chaque fois qu'on passait une nouvelle rue, dit-elle avec une moue dédaigneuse. Alors j'ai fantasié ce chant. Tous les autres porteurs le chantent de même. Pour appartenir aux porteurs, toi aussi, tu dois le chanter.

Pour ne pas la vexer, Pan se mit à fredonner. Peu

à peu, il s'ébahit d'un grand miracle : sans douter, le labeur s'allégeait en chantant. Quand il reprenait le couplet en compagnie de Mirella, son pas battait en rythme, les seaux balançaient selon le même temps, et le transport de l'eau allait plus aisément.

Pour autant, lorsqu'enfin vêpres sonnèrent à l'église, Pan se sentait en tel mésaise qu'il était sur le point de tomber en langueur. Ses membres étaient moulus, rompus, roués. Il était si fourbu et malengroin qu'il croyait défaillir à chaque pas. Ces travaux étaient trop difficiles pour la tendreté de son âge.

– Courage ! dit Mirella. On s'en retourne à la maison.

Ce que Mirella appelait leur maison était une mansarde qui avait dû autrefois faire fonction d'écurie. L'échevin l'avait changée en un dormitoire de fortune. Les porteurs reposaient sur des paillis moisis, dos aux courants d'air. Les planches disjointes, rongées par la vermoulussure, laissaient passer la froidure en hiver, les grandes chaleurs en été, la pluie et le vent le reste de l'année. Ce logis se trouvait non loin de la grand-place, en fort commode proximité avec la maison du bourgmestre.

Le reste de la troupe était déjà au bercail. Guerric s'acagnardait en son coin, en compagnie de sept autres gaillards. Ces robustes ribauds semblaient tous sortis du même moule : buste large, mollet sec, membrature carrée et menton enfoncé dans le poitrail, car même s'ils étaient en la force de l'âge, leurs épaules étaient déjà déformées et courbues par des années de portage.

Mirella traversa la grange sans les accointer et se réfugia dans un coin. Pan, intimidé, ne quittait pas les talons de la jeune fille. Il était attiré par les porteurs, avait tentation d'aller vers eux et de gagner leur amitié. Mais il craignait fort de se faire rembarrer. Il se sentait plus en confiance auprès de Mirella, même s'il se chagrinait à l'idée d'avoir l'air d'un marmouset pendu aux jupes de la porteuse.

La chaleur cognait encore lourdement aux murs de la grange. Mirella s'étira, levant un bras, puis l'autre, pour dérouiller ses épaules. Elle quitta une partie de ses haillons pour les laver. Elle ôta la touaille grisâtre qu'elle avait nouée sur sa tête. Une chevelure flamboyante se déploya dans son dos. Bouche bée, Pan mira ces cheveux vermillon, plus brillants que les braises d'un feu. Jamais il n'en avait vu de semblables. Voilà donc pourquoi les bonnes sœurs l'avaient baptisée Röschen, Rosette.

En même temps que la poitrine lui avait poussé, Mirella s'était mise à cacher ses cheveux. Tant qu'elle était enfant, les habitants ne la voyaient pas, sauf s'ils voulaient de l'eau, et alors ils ne voyaient que ses seaux. En grandissant dans ses vêtements trop courts, Mirella avait senti sur elle l'œil des hommes d'Hamelin. Ses cheveux flambants la faisaient remarquer, aussi les avait-elle dissimulés.

Le même échevin qui avait confié ses seaux à Pan entra dans la grange. Derrière lui, un domestique portait un plateau. Chaque porteur reçut sa repue : un bol grossier, rempli d'un brouet marron, dans lequel Pan crut reconnaître des morceaux de choux et d'oignons. Les porteurs s'assirent à même la terre et mangèrent goulûment.

– Bouffebique ! dit Deodat. La souplette est diablement poivrée ce jour d'hui.

– Plus le plat est épicé, plus la pitance est avariée, chuchota Mirella à Pan. Le cuisinier y met des herbes en quantité pour masquer le goût de pourriture.

Le brouet était accompagné d'un biscuit, que les jeunes gens grignotèrent à la brune, une fois le soleil couché. Ainsi, dans la pénombre, ils ne voyaient pas les asticots qui grouillaient dans leur galette.

Pan avait passé les dix premières années de sa jeune vie à l'hospice, livré aux bons soins des nonnes. C'est-à-dire qu'il avait bien de la chance d'être encore vif et de n'avoir pas succombé à la faim, au froid ou à la maladie. Après sa journée de dur labeur, cette grange lui sembla un nid douillet, et ce repas, une pitance bien venue et rassasiante.

L'enfant observa que Mirella se tenait toujours à part. Les garçons étaient plus âgés qu'elle de deux ou trois années. Lorsqu'elle passait près d'eux, ils ne manquaient pas de se gausser. Guerric, voyant ses jambes fines et musclées, qu'elle avait dénudées, cracha de dégoût :

– Mordiable ! Qu'est-ce donc que ces deux cannes sur lesquelles elle marche ! Quel sécheron !

À cette pique, les autres porteurs rirent à gueule-bec.

– Si seulement nous avions en notre troupe une belle garce, soupira Guerric d'un air exagérément éploré.

Le jeune homme se lança dans un portrait détaillé de la femme idéale, réflexion qui suscita un vif intérêt chez ses compains. Tous y allèrent de leur avis, brossant ensemble un beau blason.

– Bien me plaisent les brunettes, joliettes, mollettes et mignonnettes, dit l'un.

– La trogne ronde et rouge, et à chaque pas, que ses beaux tétins bougent, dit l'autre.

– Je la veux charnue, tendre à ravir, avec des chairs à pétrir, ajouta l'un.

– Pour moi, je ne suis pas si regardant : je serai fort content, si elle a toutes ses dents.

– Bien je t'entends ! Mais il faut aussi des cuissots engageants et un fessier pommelant !

C'était Guerric qui avait fait cette dernière exclamation. Ses mains dessinaient des formes en l'air, comme si ces parlottes allaient par enchantement faire apparaître de beaux morceaux de femme.

Quand les garçons eurent épuisé le sujet de la beauté féminine, ils se rabattirent sur les gausseries à propos des cheveux de Mirella. Ces piques-là ne leur demandaient pas d'efforts d'inventivité : ils les débitaient depuis des années, sans se lasser. Tantôt ils faisaient mine de se brûler en touchant la pointe d'une mèche, et en profitaient pour lui tirer un peu les cheveux. Tantôt ils l'appelaient fille du Diable et lui frottaient rudement les tempes à la recherche de cornes.

À chaque nouvelle plaisanterie, Mirella riait froidement. C'était là une de ses règles de survie, gravée dans sa chair depuis des années : toujours prétendre s'amuser des pinailleries des garçons. S'encolérer était hors de question. Elle ne faisait pas le poids. Baisser la tête était une pente dangereuse : ils auraient pris plus de liberté encore. Alors Mirella s'esclaffait, désarmant, pour un temps du moins, la pique dirigée vers elle. Mais Pan voyait bien, à ses yeux éteints, qu'elle ne partageait pas l'hilarité des porteurs.

Mirella retourna dans son coin. En terminant sa toilette, elle contempla son reflet trouble dans le fond de son seau. Elle ne s'était jamais vue dans un miroir. Elle se demanda si elle était si laide que les porteurs le disaient. Elle non plus n'aimait pas ses cheveux couleur du Démon.

Elle haussa les épaules et jeta l'eau. Son apparence importait peu. Elle avait l'heur d'être en santé et dure au mal, de marcher sur deux jambes solides, d'avoir les dents saines. Son estomac était si coriace qu'il aurait digéré les pierres des chemins. Tout cela lui valait d'être en vie. Peu lui chalait le reste.

Mirella posa ses deux seaux vides à l'envers, l'un sur l'autre. Elle monta sur ce marchepied de fortune et grimpa à l'intérieur d'une ancienne mangeoire de cheval, fixée en hauteur sur un des murs de la grange. Elle s'était choisi cette couche moindrement accessible. Elle craignait que les porteurs qui, de jour, riaient de sa laideur, décident, à la nuit tombée, de la trouver moins repoussante dans le noir, et viennent sur sa paillasse le lui faire assavoir.

Pan chercha un coin où se terrer à son tour. Il n'osait dormir près des garçons, qui ronflaient déjà de concert.

Du haut de sa mangeoire, Mirella le vit fureter. Elle lui tendit une main.

– Veux-tu partager ma couche ? Monte donc.

Soulagé, l'enfant attrapa la main tendue. Mirella le hissa jusqu'à sa cachette.

Il se glissa contre son dos et ferma les yeux, apaisé par la respiration régulière de la jeune fille. Il se promit de dormir d'un sommeil léger. Si quelqu'un venait les déranger pendant la nuit, il réveillerait Mirella et la défendrait. Mais bientôt, Pan sombra. Mirella s'endormit à son tour, un petit couteau édenté bien serré dans son poing.

Chapitre II
Une ville envahie par les rats

C'était la pique du jour, et prime n'avait pas encore sonné, quand le premier rat pointa le bout de son museau.

L'apprenti du forgeron et la fille du marchand de feu s'étaient donné rendez-vous derrière la forge. Après trois semaines à conter fleurette à la donzelle, l'apprenti était bien décidé à échanger son tout premier baiser avec la mignotte. Comme icelle fermait les yeux avec bonne volonté, il se pencha. Il approcha son visage, sentit la chaleur des lèvres de sa belle. Il pressa sa bouche contre celle de sa compagne, surpris par la douceur poilue de la jouvencelle. Il s'y connaissait peu, mais il n'aurait point pensé que la bouche d'une fille fût si velue. La fourrure se mit à remuer contre ses lèvres et laissa échapper un petit couinement. La galopine ouvrit les yeux et poussa un cri perçant. Un rat était tombé de la poutre de l'établi. Il avait chu entre les visages rapprochés des jeunes gens. Leurs nez se jouxtant avaient formé pour le rongeur une petite glissière, et la bestiole avait mollement atterri sur le coussin de leurs lèvres jointes. La fille du marchand de feu s'ensauva à jupes relevées. L'apprenti ne parvint plus jamais à lui adresser la parole.

À tierce, lors de l'office de la matinée, ce fut au tour du prêtre d'essuyer une étonnante malaventure. Alors qu'il tendait les hosties, trois rats, comme la Sainte Trinité, s'échappèrent de la boîte. Ils traversèrent la nef centrale sous les clameurs des croyants.

À sexte, l'échevin s'attabla avec allégresse, prêt à gloutir une bonne francherepue avant que d'aller se coucher. Il souleva le couvercle du plat en argent qu'un domestique avait posé devers lui. L'appétissante face d'un beau cochon de lait apparut. L'échevin examina le plat plus attentivement. La pomme que l'animal tenait dans la gueule était toute rongée. Six rats jaillirent entre les dents du cochon et trottèrent sous la table. La chair s'affaissa, molle et flasque : l'intérieur avait été dévoré, le cochon était farci aux crottes de rats.

À complies, après une journée bien remplie, la femme du bourgmestre alla se coucher. Son mari terminait de se dévêtir. Elle se glissa sous les couvertures, enfonça ses jambes jusqu'au bout du lit et s'étonna de sentir un manchon de fourrure sous la plante de ses pieds.

– Mon époux, dit-elle, la chaleur du soir est par trop ardente. Nul besoin de sortir les couvertures fourrées.

Son mari grogna qu'il ne savait de quoi elle parlait. Soudain, la couverture mordit le gros orteil de l'épouse, qui hurla. Elle souleva grand le drap, et une douzaine de rats s'enfuirent par la ruelle du lit.

Partout dans Hamelin, les habitants mirent des ratières, placèrent du poison. La vie reprit son cours, sans qu'aucun d'entre eux ne se doute que ces rats étaient le premier signe annonciateur des grands malheurs qui allaient s'abattre sur la ville.

*
* *

– Bien y ai-je réfléchi, dit Pan.

Il était assis au bord de la Weser avec Mirella. Il s'était levé fort matinet, soulevant péniblement son corps tout dolant de courbatures. Il avait fait trois allers et retours à la rivière avec la porteuse, avant de prendre un moment de repos. La journée était tout juste entamée, et déjà il peinait à mouvoir ses bras tremblants.

– J'ai pris ma décision. J'aimerais devenir mendiant, continua-t-il.

Cette affirmation lui valut d'être traité de « niquedouille » et de recevoir une pichenette sur le nez. À cela s'ajouta l'obligation de remplir ses seaux aux trois quarts au voyage suivant.

À la mi-journée, Pan annonça :

– Si fait, je vais m'ensauver hors d'Hamelin et devenir bateleur.

Ce qui lui gagna d'être appelé « bougre de coquebert » et de devoir courir en portant ses seaux.

À vêpres, il déclara :

– Baille-moi une cape noire et un coutel. Je vais me faire brigand. Je vivrai de rapine et de larcins.

Mirella l'appela « fieffé coquin » et le fit trotter en transbahutant des seaux remplis à ras bord.

À la nuitée, il demanda d'une toute petite voix :

– Si j'allais voir des riches bourgeois sans enfant, pour qu'ils m'adoptent ?

Ce pour quoi il reçut un baiser sur le front et une caresse d'encouragement dans les cheveux.

– Tu forciras, lui dit Mirella. Quand j'ai commencé, j'étais tout juste capable de soulever les seaux. Les premiers jours sont les plus difficiles, mais peu à peu, cela vient.

Quoi oyant, Pan reprit confiance.

– Dis-toi que tes affaires ne peuvent point empirer, conclut Mirella.

Sans savoir pourquoi, la porteuse eut l'impression, en prononçant cette dernière phrase, que sa voix sonnait faux.

Dès le lendemain, Mirella fit trimer Pan plus dur que jamais. Elle l'obligeait à aller à grands trottons, réduisait les moments de pause, chargeait toujours plus ses seaux. Elle devait l'endurcir pour qu'il survive. Et elle devait se presser. À Hamelin, le temps devenait de plus en plus chaud et sec. Les habitants réclamaient l'eau en abondance et n'avaient point pour habitude de patienter longtemps.

Un matin que le ciel était limpide et l'air étouffant avant même le lever du soleil, Mirella expliqua à Pan qu'il devrait assurer seul le ravitaillement en eau dans son quartier. Elle ne pouvait plus perdre de temps à l'accompagner. Elle eut un pincement au cœur en voyant l'enfant partir prestement sur ses petites jambes, terrifié à l'idée de la journée qui l'attendait, à porter seul les lourds seaux et essuyer le mécontentement des habitants.

De son côté, elle s'attela à abreuver les vingt chevaux d'un bourgeois bien garni. Pour remplir les auges, Mirella dut maintes fois piétonner entre la rivière et l'écurie. Le soleil cognait sur les pavés et lui brûlait la plante des pieds. Elle besognait vite, tendue, ménageant ses forces. Au cinquième voyage, elle sentit que la tête lui tournait. Elle termina de vider ses seaux et s'assit un moment à même le sol, jouissant du calme pénombreux de l'écurie vide, les bêtes étant dehors. Quand elle sentit que ses forces étaient revenues, vaillante, elle se releva. Elle jaugea le niveau d'eau et vit qu'elle n'avait plus qu'un seul voyage à faire : cette pensée lui donna du courage.

Alors qu'elle revenait pour la dernière fois jusqu'à l'écurie, soulagée d'avoir enfin terminé cette corvée, elle passa devant des enfants qui s'égayaient dehors.

C'étaient de tout jeunes marmousets, qu'on avait laissés sous la surveillance d'une aînée de six ou sept ans. Les parents étaient aux champs pour la fenaison. Les petiots s'escargotaient, mous et dolents, accablés par la chaleur. Ils se traînaient, pleuraient pour un rien. Les rayons cuisaient leurs tendres peaux, rougissant leurs chairs si rebondies, que les adultes au cuir tanné et rugueux se plaisent à pincer et baisotter.

Mirella baissa les yeux. Une marelle était dessinée dans la poussière. Sans doute, ils y avaient joué à la pique du jour. Maintenant que le soleil était haut, aucun d'entre eux n'avait le cœur à faire des sauts.

Mirella était fourbue. Mais elle avait encore le pied léger, les cuisses solides. Maugré les brimades et les privations, une part d'elle, bien enfouie, se rappelait son enfance et le plaisir de jouer. Elle bondit à pieds joints sur la première case, sans lâcher son chargement. Un saut, deux sauts, trois sauts. Et deux seaux, bien lourds, dont aucun ne déborda. Elle arriva au bout de la marelle sans renverser une goutte, fière et essoufflée.

Les enfants la miraient avec de grands yeux. Ils sortirent de leur torpeur et battirent joyeusement leurs petites mains. Mirella leur sourit. Les marmots coururent jusqu'à elle, se bousculant dans ses jambes, se disputant pour attirer son attention.

Mirella prit une grande bassine de cuivre toute cabossée qu'on avait oubliée là. Elle la plaça à l'ombre et vida ses deux seaux dedans. Les petits la regardaient faire. Elle saisit un gniard de trois ans et l'assit dans la bassine. L'enfant tapa l'eau avec ses paumes en piaillant de joie. Bientôt, tous les petiots se mirent à patouiller à leur tour, revigorés. Mirella les regarda barboter avec satisfaction, avant de repartir. Elle devait retourner à la rivière pour remplir les seaux à nouveau. Mais elle ne regrettait pas ce voyage supplémentaire.

Enfin, la porteuse termina sa besogne. Sur un commentaire courroux du bourgeois, qui trouvait qu'elle avait travaillé bien lentement, elle se sauva. Au bord de la Weser, elle prit un peu de repos, assise sur la berge, les pieds dans la rivière, heureuse d'être seule et de se délasser un moment.

Puis elle se remit à l'ouvrage. Devers sa demeure, l'épouse du bourgmestre chaperonnait l'avitaillement des offices. Voyant passer Mirella, elle sonna pour faire emplir les cruches. Ragaillardie par sa pause, joyeuse et esbaudie d'avoir baigné ces mignons petiots, Mirella se mit au travail en chantonnant.

La femme du bourgmestre s'approcha et demanda :

– Quel est là cet air ? Je ne le connais point.

Mirella se tut, nerveuse d'avoir attiré sur elle l'attention de cette gente dame. Les servants qui s'affairaient alentour se retournèrent, ravis d'avoir un prétexte pour interrompre leur ouvrage.

– Ma dame, je ne sais, répondit Mirella. C'est un air qui est sorti de ma bouche sans que je m'y apense.

Les domestiques murmurèrent entre eux. La dame recula et se signa. Qui donc était capable d'inventer une chanson sur-le-champ ? Sans préparation ? Sans avoir été initié aux arts de la musique ? Certainement, c'était là l'œuvre du Diable, qui soufflait des airs ensorcelants dans l'oreille de cette garcelette.

Mirella sentit l'hostilité grandir et se dresser comme un mur entre elle et la maisnie du bourgmestre. Elle rangea une mèche de ses cheveux rouges, qui s'était échappée quand elle se penchait au-dessus des cruches. Elle termina pressément le remplissage, salua et fila, la tête basse, priant pour ne pas s'attirer d'ennuis. La dame la regarda partir, les mains sur les hanches, les sourcils froncés. Puis elle retourna à ses affaires : elle avait d'autres rats à fouetter. Qu'ils étaient nombreux en cet été ! Il y avait plus d'infection dans sa maison que jamais elle n'en avait vue.

Près des portes de la ville, le mendiant fondait au soleil. Comme de juste, il réclama de l'eau.

– Ce jour d'hui, il me plaît de laver mes pieds à grande eau, annonça-t-il.

Mirella se déchargea. Elle prit un des seaux et l'inclina pour lui arroser les jambes.

Le mendiant se laissa faire avec contentement. Il œillait la jouvencelle. Icelle penchait le buste, les bras tendus pour maintenir le seau incliné et verser menuement un filet d'eau, afin de ne point gâcher ses réserves. Le gueux voulut tâter la donzelle. Il approcha la main de ses cuisses.

Mirella fit un bond en arrière.

– Hé, ma mie, point ne dois-tu faire l'effarouchée avec moi ! ricana le mendiant. Je t'ai vue t'emmitoyer avec ton compain près de la rivière... Ah, c'était un joli spectacle ! Tu te laissais pouitrer à t'en user la peau ! Et je n'aurais pas droit à ma part du gâteau, moi aussi ? Pour qui te prends-tu donc ? Tu crois que tu peux faire la difficile ?

Le mendiant se releva brusquement. Mirella s'embarrassa à poser son seau pour ne pas renverser l'eau. Il en profita pour l'enserrer et la plaquer contre lui. La porteuse attenta de se dégager. L'homme transpirait à grosses suées. Il empestait tant, qu'à peu qu'elle ne défaillit.

Mirella continua de se débattre, surprise de la poigne si ferme de ce grand escogriffe tout maigrelet. Le mendiant ne lâchait pas. Il dévorait des yeux la peau ferme de la jeune fille, lavée par l'eau de la rivière. Elle avait ce teint blanc et mat des roussottes, qui rappelle la crème bien fouettée. Il eut envie de la goûter. Il s'arrêta sur sa délicate petite oreille.

Mirella sentit la langue visqueuse du mendiant entrer dans son oreille. On eût dit qu'une limace tortillante et baveuse se glissait à l'intérieur de son crâne, portée par le souffle chaud d'une fétide haleine. Elle serra les poings à s'en faire bleuir les phalanges, tandis que le dégoût lui remontait à la gorge.

Un marchand qui venait du bourg passa à leur hauteur. En les voyant, il se gaussa :

– Le mendiant et la porteuse ! s'esbaudit-il de bon cœur. Il faut croire que l'amour est partout, même chez les gueux !

Et il s'éloigna en riant. Le manant goûta fort ce trait d'esprit. Il salua le passant d'un air fiérot.

Mirella profita de son inattention pour se dégager. Elle donna un bon coup de hanche, qui fit perdre son équilibre au bonhomme. Il batacula en arrière. Elle reprit vivement ses seaux et guerpit à grandes enjambées, sans écouter le gueux, qui criait :

– Malefille ! Par la cervelle-Dieu, bougre de godinette, je t'aurai !

Mirella était sauve, pour un temps du moins : devant témoins, le mendiant ne pouvait pas lui courir après. Il fit trois pas boitillants, puis se laissa choir à sa place habituelle sur le pavé.

Près de la rivière, Mirella posa ses seaux. Elle s'avança dans le remous, frottant l'eau sur son corps pour se défaire de l'odeur du gueux. Elle se serait enfoncée jusqu'au cou, si elle n'avait craint d'être emportée par les flots. De retour sur la rive, elle noua les linges qui enserraient son corps. Elle étouffa sa poitrine, serra bien les tissus entre ses cuisses. Elle aurait aimé revenir en arrière, retrouver le corps maigrichon de ses dix ans. Porter les seaux était plus difficile, alors. Mais elle n'avait qu'à se garder des coups de bâton, qu'elle craignait moins que les mains baladeuses.

Mirella se promit de rester à bonne distance du mendiant. Ce n'était jamais qu'une précaution de plus. Elle avait l'habitude d'être toujours sur le qui-vive.

Au départir de la rivière, la porteuse aperçut Pan. L'enfant se faisait violenter par ses compains. Toute la matinée, il avait accumulé du retard, ruant qui-ci, qui-là, pour satisfaire les demandes, mais jamais assez vite. Les habitants s'étaient impatientés. Les cloches servant à réclamer l'eau s'étaient mises à carillonner de toutes parts, alertant les porteurs à l'entour. Ce pourquoi ils rudoyaient et picaniaient l'enfant :

– Espèce de coquefredouille ! Quand vas-tu apprendre à besogner plus vitement ? dit Guerric.

– Qué maroufle ! Onques ne vit porteur d'eau plus lent ni plus chétif, ajouta un autre.

– La male passion le torde ! Tu dois remplir tes seaux plus haut !

Leurs propos étaient accompagnés de rudes bourrades, pour mieux faire entrer ces bons conseils.

Mirella sentit ses tripes échauffées par la fureur. Ils avaient beau jeu de sourciller, ces grands costauds ! N'avaient-ils aucune remembrance de leur enfance, quand eux aussi peinaient à la corvée et essuyaient la colère des habitants ?

La jeune fille ravala son courroux. Si elle intervenait et prenait la défense de Pan, elle était sûre de se faire molester. Et de le payer cher une fois encore, de retour à la grange.

Le restant de la journée, elle fit de brèves incursions sur le territoire de Pan, pour porter de l'eau aux plus impatients. Elle devait courir deux fois plus afin de ne pas prendre de retard dans son propre quartier.

À la grande auberge du bourg, un garçon réclama de l'eau. Comme Mirella remplissait une barrique, la tenancière surgit, le visage rouge de colère. Elle renversa le tonneau d'un coup de pied.

– Sottard, que fais-tu donc ? s'exclama la tenancière en direction du garçon. Bien t'ai-je dit que céans, jamais on ne boit l'eau de la roussotte !

L'alberguière était une jeune femme d'environ vingt-cinq ans, qui avait pour nom Lottchen. À cette époque, on estimait la qualité d'une auberge au goût de ses mets, au bouquet de ses vins et à la belle mine de son alberguière. Lottchen avait bon teint et pleine charnure. Le tétin haut, l'œil et le verbe assurés, elle aimait rire avec les habitués. Elle ne faillait pas à pencher sa poitrine ou sa croupe en direction des clients attendrézis par l'alcool, pour qu'ils y mettent courtoisement les mains. Ces manières avenantes contribuaient à la bonne réputation de son établissement, qu'elle faisait tourner seule depuis la mort de son époux.

À cette heure pourtant, son visage était bien peu chaleureux. Elle se tourna vers Mirella.

– Or sus ! Que fricotes-tu donc céans ? Tu ne portes pas l'eau dans ce quartier ! Sauve-toi et garde-toi de remettre tes pieds tout salissons dans ma cuisine !

Mirella ne la fit pas se répéter. Elle était habituée à être rabrouée. Pourtant c'était la première fois qu'on la regardait ainsi, avec une telle fâcherie et aussi, lui sembla-t-il, une once d'effroi. Comme elle s'éloignait, elle crut entendre Lottchen qui marmonnait tout bas :

– Sorcière !

Oyant quoi, elle se sentit frémir dans tout son être. Elle ploya la nuque, vérifia que ses cheveux étaient bien couverts, et fila.

Mirella rentra dans le margouillis qui leur servait de maison, lasse et contristée. Pan était lui aussi en grand déconfort. Il se coucha, sitôt son repas glouti. Mirella s'allongea près de lui. Il faisait très chaud, surtout en hauteur, à l'intérieur de la mangeoire. Maugré sa fatigue, Mirella ne trouvait pas le sommeil. Une ritournelle résonnait dans sa tête, lancinante, sans qu'elle la puisse chasser de sa cervelle. C'était une mélopée étrange et entêtante. Mirella ferma les yeux, sans savoir si elle dormait déjà, ou si la touffeur la faisait délirer. Elle s'imagina que, si la mélodie qui rebondissait contre son cerveau avait l'audace de franchir ses lèvres, elle déclencherait un carnage dans Hamelin. Sous ses paupières brûlantes, elle voyait défiler les rues qu'elle avait arpentées tout le jour. Les images étaient couleur de sang, comme ses cheveux. Les habitants d'Hamelin, foudroyés par quelque mal inconnu, mouraient les uns après les autres. Enfin, les visions cessèrent d'assaillir son cerveau, et Mirella finit par sombrer dans le sommeil.

Chapitre III
Une jeune fille tout en bas

Mirella se réveilla en sursaut, inquiète de voir le soleil entrer à flots entre les planches disjointes des murs. Peste soit de cette chaleur abrutissante ! Elle avait dormi plus que de raison et manqué une matinée de corvée. Puis tout soudain elle se rassura. En oyant lourdement ronfler ses compains, elle se rappela que ce matin était celui des lépreux.

Partout dans le Saint Empire germanique, les lépreux étaient bannis des villes. Dès qu'ils se savaient atteints du mal, ils s'installaient dans des ladreries, ces colonies où ils vivaient ensemble. Il leur était interdit d'entrer dans une église, une taverne, un moulin, au marché ou à l'étuve. Quand ils sortaient, ils devaient faire sonner leur cliquette tous les cinq pas et dire leur cri à fin que, les oyant venir, on s'écarte d'eux le plus loin possible. Le moindre contact avec un malade pouvait être fatal.

À Hamelin aussi, les lépreux étaient exclus. Mais le bourgmestre, dans sa grande miséricorde, leur avait accordé un privilège. Une matinée par mois, la ville leur était ouverte. Ils étaient autorisés à pénétrer dans Hamelin pour y demander l'aumône ou rendre visite à leur famille. Pour les bien portants, ce «jour des lépreux» s'appelait le «jour de matinée grasse». Ce matin-là, les habitants cadenassaient huis et fenêtres, et restaient à l'abri derrière leurs murs (même les mendiants, qui n'avaient pas de toit, se réfugiaient dans l'église). Ainsi, les lépreux avaient tout le loisir d'errer dans une ville déserte.

Comme le reste de la populace, les porteurs étaient désoccupés. Mirella avait entamé la lourde tâche de coiffer Pan. Elle passait et repassait le peigne de bois dans sa tignasse, démêlant les nœuds, ôtant les poux. Des années de portage avaient rendu les paumes de ses mains rudes et calleuses, mais elle avait gardé des doigts fins et déliés. Elle les passait délicatement dans la chevelure de Pan, qui lui abandonnait son crâne avec délice, les yeux fermés.

L'échevin entra, annonça: «Messire le bourgmestre a besoin d'eau» et ressortit de sitôt, pressé de s'enfermer à nouveau chez lui, pour ne point croiser un lépreux contagieux.

Dans la grange, les porteurs se regardèrent.

– Le bourgmestre loge dans le quartier de Mirella, dit l'un d'entre eux.

Et comme la galantise n'avait jamais été leur fort, une fois cette phrase prononcée, chacun entreprit de s'absorber dans une activité cruciale : qui grattait le fond de son seau, qui nettoyait la fange glissée entre ses orteils, qui se curait l'intérieur de l'oreille, et ainsi de suite.

Mirella savait qu'il était inutile de protester. Elle se leva et prit ses seaux. Pan sauta lui aussi sur ses pieds et proposa de l'accompagner. Cela remua Mirella plus qu'elle n'aurait pensé.

– Nenni, dit-elle, tu me ralentirais. Je vais aller vitement, pour ne croiser personne.

Elle traversa le bourg à grands trottons, en prenant les petites ruelles. Avec ses façades fermées, ses rues désertes, la ville aurait dû être silencieuse. Au lieu de quoi, elle frémissait d'un bruissement discret et constant. Les pavés disjoints de la chaussée trissaient sous ses pieds. Les bâtisses et resserres vrombissaient lorsqu'elle passait, pressée. On aurait dit que la ville entière s'ébrouait.

Ce brondissement la tarabustait. Ce n'était pas là le langage habituel de la ville. Soudain, le dos arrondi d'un monstre noir, gros comme un veau, jaillit de la brèche d'un mur et traversa en grouinant la ruelle. Elle sursauta, avant de reconnaître qu'elle n'avait pas vu une seule bête, mais une vague de rats noirs. C'étaient les rongeurs qui faisaient ainsi vibrer Hamelin. Jamais Mirella n'avait été témoin d'une telle invasion. Un frisson lui trémoussa les entrailles.

Elle arriva à la Weser sans encombre ni traverse. Au retour, les seaux pesaient lourd, aussi ne voulut-elle pas faire de détour. Elle prit l'Hauptstraße, la grande rue principale qui traversait le bourg. Elle aperçut le lépreux de loin, alors qu'il remontait dans sa direction. Elle décida de bifurquer à main droite. Mais à l'instant où elle s'engageait, retentit la crécelle d'un deuxième lépreux, accompagnée de son cri : « Pitié pour le lépreux ! » Quoi oyant, elle s'arrêta, l'oreille tendue. Elle perçut un troisième bruit de cliquette derrière elle. Elle était cernée.

Elle serra les dents et continua à avancer dans l'Hauptstraße.

Le cri retentit à nouveau : « Pitié pour le lépreux ! » Allait-elle à son tour devenir lépreuse ? On racontait qu'il suffisait d'être dans le même courant d'air qu'un malade, pour que les miasmes de la maladie vous assaillent et vous rongent le corps. Tandis qu'elle marchait, pour se rassurer, elle fantasia une petite comptine qu'elle répéta dans sa tête.

Lépreux, lépreux,
Les premiers
M'ont donné
La lèpre.

Le lépreux approchait. Mirella imagina que la lèpre le suivait partout comme un chien. Elle voyait la maladie sous la forme d'un petit crapaud à la peau craquelée, qui saute sur vous si on s'approche de trop près et s'enfonce dans les chairs, à la manière de ces champignons parasites qui poussent sur les troncs d'arbre.

Lépreux, lépreux,
L'épreuve est
De garder
Son nez.

Mirella songea aux odeurs qu'elle regretterait si elle perdait son nez. À bien y penser, qu'est-ce qu'Hamelin puissait ! Les habitants jetaient dans les rues leurs déjections et leurs ordures. En été, depuis le caniveau, montaient des fumets putrides où tournoyaient les noirs filets de mouches. La seule odeur plaisante qui vint à son entendement fut celle de la terre humide au bord de la Weser. La silhouette du lépreux était maintenant bien en vue. Mirella décida qu'elle pourrait vivre sans son odorat.

Lépreux, lépreux,
Les précieux
Petits doigts
Qui tombent.

Sans doigts, Mirella ne pourrait plus porter ses seaux. Elle devrait s'installer à la léproserie. À quoi pouvait ressembler la vie là-bas ? Ce n'était peut-être pas pire que d'être porteuse d'eau. Mirella fit encore quelques pas. Le lépreux toquait aux portes, proposant des petites choses à vendre : tissus, rubans et accessoires en bois. En vain : personne ne lui ouvrait. Qui donc aurait acheté un objet touché par un lépreux ?

Lépreux, lépreux,
Je prévois

Que mes oreilles
Fondent.

Mirella s'arrêta. Sans oreilles, point de musique. Elle ne s'entendrait plus chanter, elle ne pourrait plus ouïr les musiciens aux fêtes données par le bourgmestre. Soudain, la perspective d'attraper la lèpre sembla bien terrible à la jeune fille.

Elle regarda autour d'elle. Elle envisagea de poser là son seau et de s'ensauver en courant. Mais elle était encerclée : où qu'elle aille, elle passerait près d'un lépreux. Elle mira les maisons closes. Si elle tambourinait pour qu'on la fasse entrer, est-ce qu'on lui ouvrirait ? Une petite voix désabusée lui souffla que c'était peine perdue.

Les lépreux et leurs germes se rapprochaient inexorablement. Elle croyait voir leur terrible maladie ramper jusqu'à elle. Un frémissement palpita sur sa peau. Elle sentit ses orteils se recourber. Elle aurait voulu se faire toute petite.

Un des lépreux était arrivé à son niveau. Il la vit, resta un temps béant, tant il était habitué à trouver la ville déserte. Puis il courut se mettre dans un renfoncement. Il baissa la tête, tassa son corps, occupant le moins de place possible, afin de la laisser passer. Mirella retint sa respiration et se décida à avancer.

Au moment où elle arrivait au niveau du lépreux, icelui s'avisa qu'un pan de son surcot dépassait. Il le rabattit contre son corps, pour être sûr que Mirella ne risque pas de frôler le tissu en passant devers lui. Ce petit geste retourna Mirella. Il fit germer quelque chose en elle, elle ne savait quoi.

Elle rouvrit la bouche et les narines, cessa de retenir sa respiration. Elle repensa à la grande échelle du monde et compléta mentalement sa liste :

Dieu

↓

l'empereur du Saint Empire germanique

↓

les seigneurs

↓

le bourgmestre

↓

les échevins

↓

les notables

↓

les artisans

↓

les commerçants

↓

les chiens de garde

↓

les femmes

↓

les mendiants

↓

Mirella

↓

les enfants

↓

les lépreux

Sur une impulsion, elle s'arrêta devers le lépreux et lui dit :

– Messire, voulez-vous de l'eau ?

Le lépreux leva vers elle une face tout ébaubie, la bouche arrondie par l'étonnement. Son visage n'était point encore abîmé par la maladie.

Lentement, comme s'il était encore incertain, le lépreux sortit d'une poche l'écuelle qu'on lui avait fournie, en même temps que la crécelle, quand il avait quitté sa maison pour rejoindre l'ordre des lépreux. C'étaient les deux seuls biens qu'il était désormais en droit de posséder. Mirella tendit son seau.

– Je ne puis plonger mon écuelle dans le seau, c'est interdit, dit-il.

Mirella hocha la tête. Elle souleva le seau à deux mains. Elle lui versa de l'eau, sans que le bord du seau touche l'écuelle. Le lépreux avait grand soif. Il but à longues goulées, avec satisfaction. Mirella mira ses mains couvertes de bandelettes. Elle détourna le regard. Il lui manquait quelques doigts.

Le lépreux la remercia d'un air affable, et Mirella, dont le visage était toujours fermé, lui sourit à son tour. Elle se releva, prit ses seaux et repartit. En marchant, la petite mélodie dans sa tête reprit.

Derrière elle, le lépreux continua sa route. Oyant le bruit de sa crécelle, et son cri monocorde – « Pitié pour le lépreux ! » –, Mirella eut une idée. Elle posa ses seaux, remonta la rue en courant et tapa sur l'épaule du lépreux. Icelui se retourna d'un bond, surpris par ce contact.

– Il vous faut un chant ! déclara Mirella.

Le lépreux regarda sans la comprendre cette étrange enfant.

Non, ce n'était plus une enfant, c'était une presque jeune femme, même si elle cachait ses formes sous des linges trop serrés. De loin, ce n'était qu'une miséreuse, à peine étoffée de quelques haillons, le cou ployé. Mais plus on la regardait de près, plus on était frappé de sa beauté. À cette heure, une rougeur lui était montée aux joues, d'avoir couru en plein soleil. Son visage s'enluminait, faisant briller le noir de ses pupilles, ombragées de longs cils. Mais il y avait plus encore. Le lépreux devinait une force émerveillable en cette chétive garcelette. D'où diantre lui venait cette impression ?

Inconsciente d'être ainsi dévisagée, Mirella lui expliquait le chant des porteurs d'eau, qu'elle avait inventé, en remplacement du cri donné par le bourgmestre. Le lépreux avait du mal à la suivre, elle avait le parler vif et précipiteux. Soudain, comme si ces jactances étaient vaines, elle s'arrêta et se mit à chanter.

Le chant des lépreux

Nous
Nous sommes
Nous sommes laids·

Nous sommes lépreux
Nous sommes les preux sires.

Le lépreux crut que le vent avait changé de direction. Avec inquiétude, il s'écarta. Il était tenu de ne jamais parler à quiconque en étant lui-même dans le sens du vent, pour ne pas que les germes de la lèpre soient portés par l'air vers une personne saine. Malaisant, il s'écarta à dextre, puis à sénestre, avant de s'apercevoir qu'aucune pointe de vent ne venait fraîchir la rue, qui s'affalait depuis matinet sous un air chaud et plombant.

C'était le chant de la jeune fille qui avait hérissé ses poils de bras. Lorsque sa voix s'était levée dans le silence de la ville déserte, il s'était soudain senti porté.

– L'avez-vous ? Vous avez l'air et les paroles en remembrance ? demanda Mirella.

Le lépreux se recomposa, et fit signe que oui. La jeune fille, satisfaite, le salua et repartit. Le lépreux la regarda s'éloigner. Le cœur lui cognait encore à l'intérieur du poitrail. Il la vit reprendre ses seaux. Bientôt, elle ne fut plus qu'une porteuse d'eau, une gueuse sans nom.

Il leva la tête. Le soleil était haut dans le ciel. Sexte, qui marquait la fin de la matinée, approchait.

Sous peu la ville lui serait à nouveau fermée. Il devait rentrer à la léproserie. Il repartit. Chemin faisant, il chanta la mélodie que venait d'inventer pour lui cette étrange donzelle. Entre chaque phrase, il agitait sa crécelle. Il lui semblait que ce chant l'aidait à marcher droit, à porter fièrement son corps moulu et malade.

Dès que les cloches de l'église Saint-Boniface sonnèrent le début de l'après-midi, tous les fenestrous d'Hamelin s'ouvrirent à la volée. Les habitants étaient impatients de quitter enfin leurs logis sombres, étouffants et mal aérés. Ils s'empressèrent d'autant qu'une fête se donnait ce jour d'hui, et qu'ils avaient grand appétit à danser et s'esbaudir.

*
* *

Au Moyen Âge, un jour sur trois était férié. Ce jour-ci, on fêtait sainte Wilgeforte, aussi appelée sainte Débarras. Cette martyre manqua de se faire trousser et déshonorer par des soldats ivres. Dieu, pour la protéger, l'affubla soudainement d'une belle barbe velue. Ses agresseurs la trouvèrent si laide qu'ils la laissèrent en paix.

Il régnait une chaleur à ne plus pouvoir souffle prendre. Pour que l'on circule en ville sans cuire comme un œuf, on arrosa les pavés et, d'une maison à l'autre, on tendit des cordelettes supportant des roseaux.

La fête débutait avec une belle procession, qui partait du beffroi pour aller jusqu'à l'église. Les plus suffisants de la ville défilèrent, pour le bon plaisir de la populace. Les vilains se pressèrent afin de mieux voir les dignitaires, humer de près leurs riches senteurs et onguents, peut-être même caresser un pan de leurs parures cossues. Par bonheur, une haie de soldats ouvrait le chemin, gardant le corps de ces gentils hommes et femmes, sans quoi ils auraient été engloutis par les transports de la foule.

Primement prévalait le bourgmestre, tout pimpant, remplissant son ample mantel. Pulvérisé de capiteux parfums, il se paonnait sous son précieux chapel à plumes, et chaloupait sa poitrine plaisamment potelée.

Deuzement suivait sa femme, fière face en sa coiffe à cornes, semée de perles, bruissante de soie et de satin. Supérieure à tous en sa prestance, elle forçait le respect par sa superbe.

Tiercement défilaient les échevins, le nez hautain, levant le front, dressant le sein, afin de bien faire montre de leur insigne : une toison de fourrure ornant leur gorgerin.

Quartement arrivaient les notables, procureurs et prévôts, docteurs en université, médecins titrés, gens de bel état et de renommée, bien rangés selon leur notoriété.

Quintement venaient les bourgeois les mieux pourvus, devant leurs épouses, ravies, et pour l'occasion travaillées à merveille.

Tous marchaient d'un pas pesant, subjugués par leur importance et par la chaleur. La fraîcheur à l'intérieur de l'église fut très bien venue. Les processionnaires prirent pieusement place aux premiers rangs. Le reste d'Hamelin s'installa debout derrière eux. La menuaille se tassa comme elle put derrière les piliers et dans la nef. Mirella était parmi eux, les mains croisées sur le buste de Pan, qui appuyait son dos contre elle. Les autres porteurs étaient non loin.

Le prêtre fit un tant beau discours que toute l'assemblée en resta saisie. En brandissant son unique bras, il raconta avec force détails les tourments de l'enfer. Il décrivit les mortelles vapeurs et exhalaisons de soufre. Il conta les pécheurs qui rôtissaient longuement, leur cuir chevelu qui grésillait, leurs ongles qui fondaient et s'imprimaient dans la pulpe des doigts. Des diablesses embobinaient leurs tripes sur des fuseaux pour les filer. Des petits diablotins enfonçaient leurs fourches dans la chair de leurs cuisses, et des sangsues infernales entraient dans leurs narines pour sucer le sang de leur cervelle.

Ces belles paroles plongèrent le cœur de ses paroissiens dans une noble angoisse, bien propre à les maintenir dans le droit chemin. Avec bonté, le prêtre termina cependant par une note rassurante :

– Soyez sages et pieux, et jamais vous ne poserez les pieds sur les pavés brûlants qui mènent aux portes du Diable. L'enfer est réservé aux meurtriers, aux voleurs, aux assassins et aux femmes caractérielles.

Puis un enfant de chœur passa pour recueillir la dîme et les offrandes. Les bourgeois les mieux garnis pouvaient faire l'achat de jours d'indulgence : moyennant finances, ils réduisaient ainsi le temps qu'ils passeraient au purgatoire.

Les habitants d'Hamelin quittèrent l'église pleins de bonnes résolutions, qu'ils se promirent d'appliquer dès le lendemain, une fois passé le bal qu'on donnait au soir sur la grand-place.

Vous vous en souvenez, la grand-place était située au cœur du bourg, devers le beffroi, la prison et la maison du bourgmestre. En son centre était dressée une belle estrade en bois. Tout Hamelin s'y était réuni. Les habitants attendaient avec impatience qu'on entame la musique et les fûts de vin.

Pan avait rejoint la bande d'enfants trouvés avec qui il avait grandi à l'hospice. Il trônait parmi ces maigres marmots, un peu plus jeunes que lui, mal entretenus et nourris. Les nonnes les avaient lâchés sur la place, et les petiots pépiaient avec excitation. Ils pressèrent Pan de questions sur son nouveau métier. Pan leur répondit modestement, avec l'air de ne pas remarquer leurs grands yeux arrondis par l'admiration.

Mirella se tenait en retrait, le plus loin possible de la foule. Mais dès que la musique commença, elle n'y tint plus et s'approcha.

Le bourgmestre n'avait pas trouvé nécessaire de doter Hamelin d'un musicien officiel. Les jours de fête, tous les habitants un peu mélomanes sortaient leur instrument, et faisaient admirer leurs talents musicaux. Il s'ensuivait un joyeux charivari, car ces croque-notes n'essayaient pas de s'accorder, mais plutôt de jouer le plus fort possible afin d'être ouïs par-dessus l'air de leur voisin.

Franz frappait les touches de sa chifonie. Il chantait parfois faux, mais nul ne s'en chiffonnait. Gudrun la gaillarde grattait les cordes de sa gusle, Gerfried à ses côtés s'égosillait à gueule-bec avec sa guimbarde.

Christa taquinait les cordes de son crwth. Klauss et Kunibert éructaient et crachaient en cadence, qui dans son cromorne à bout recourbé, qui dans son cornet à bouquin. Il y avait encore Cordula avec sa cornemuse, et Kunigunde, qui faisait coulisser sa sacqueboute et composait une criarde cantate. Qu'importe le cafouillis, tant qu'on s'amusait !

Mirella écoutait avec avidité cette festive cacophonie, qu'elle préférait aux chants d'Église graves et monocordes. Le corps penché en avant, les oreilles attentives, elle n'en perdait pas une note. Elle se serait volontiers approchée pour mieux en profiter, mais n'osait aller trop près de l'estrade. On aurait cru qu'elle voulait être invitée à danser, et on l'aurait moquée ou chassée. Maugré elle, ses pieds battaient la mesure et, sans qu'elle s'en aperçoive, ses hanches frémissaient en cadence.

Sur l'estrade, les jeunes gens sautillaient, raides dans leurs surcots du dimanche, attentifs à respecter l'enchaînement des pas. Les dames faisaient voler avec grâce le feston de leur robe, tournant mignottement autour des messieurs. Iceux saluaient, faisaient un pas en avant, puis en arrière, veillant à ne pas oublier la chorégraphie mesurée du quadrille, ou de la bourrée.

Les mères-grand, assises sur des bancs, œillaient les jeunes gens, pour empêcher les danseurs de serrer de trop près les danseuses. Loin de l'estrade et des roides adultes, les enfants, eux, se laissaient porter par la musique. Ils s'étaient pris par la main et tournoyaient joyeusement. Cette guirlande d'enfantelets se mit à sinuer entre les badauds.

Le serpentin se dispersa au niveau de Mirella, et une poignée de ces marmots entoura la jeune fille. La porteuse reconnut les petits à qui elle avait donné de l'eau. Iceux firent une ronde autour d'elle. Mirella ne put s'empêcher de rire. Emportée par la musique et les enfants qui virevoltaient à son entour, elle oublia un instant sa retenue, et se prit à danser au centre du cercle.

Elle se mouvait avec une grâce naturelle. Les enfançons suivirent ses mouvements. Leurs pas touchants et maladroits, sous la conduite muette de Mirella, trouvèrent leur rythme. Mains jointes, ils avançaient et reculaient en bel ensemble, grisés de se sentir emportés dans le sillon de la jeune fille.

Mirella se laissait aller au plaisir de la danse. Elle avait tout oublié.

Ou presque. Habituée depuis l'enfance à toujours se tenir sur ses gardes, elle se raidit soudain par instinct. Elle rouvrit les yeux. Au loin, elle crut discerner une face revêche et rebéquée, qui mirait en sa direction. Elle ralentit et reconnut Lottchen, la tenancière de l'auberge. Icelle sourcillait abondamment et faisait signe à d'autres habitants, sans doute quelques parents des enfants qui faisaient la ronde. Le groupe d'adultes se rassembla autour de Lottchen et commença à se concerter, jetant de temps à autre un mauvais regard vers la porteuse d'eau. Mirella rentra les épaules. Elle brisa la ronde au grand regret des enfants, et se faufila dans la foule, loin des censeurs.

Mais elle ne pouvait se résoudre à s'éloigner tout à fait. En louvoyant parmi les badauds, elle trouva une petite cache entre le dos de l'estrade et le beffroi. Là, elle était dissimulée, et bien proche des musiciens.

Mirella ferma les yeux et s'emplit les oreilles. Elle se sentit emportée par la musique, laquelle l'emmenait loin du bourg, de ses rues bruyantes et encombrées, de ses habitants hargneux, de la poigne de Guerric, des menaces de Lottchen. À l'abri des regards, elle se reprit à tournoyer, toute joyante de se laisser enfin aller, volant presque, tant ses pieds étaient légers. Son talon tambourinait sur le pavé, la vibration saisissait ses cuisses, entraînait ses hanches, faisait s'élever ses bras. Elle voltigeait au-dessus d'Hamelin.

Soudain, une main ferme se posa sur son épaule. La surprise lui coupa les jarrets. Mirella faillit choir de malepeur, et se retint au mur derrière elle pour ne pas tomber. Elle rouvrit les yeux et, avec horreur, aperçut le prêtre. Il n'avait qu'un bras, mais sa poigne était robuste. Ses doigts serraient l'étroite épaule de la porteuse, s'enfonçant dans les chairs pour ne la point lâcher. Le courroux lui blanchissait la face.

– Ribaude ! Garce croqueuse ! Puterelle ! éructa-t-il. A-t-on jamais vu danser avec une telle frénésie, comme une sorcière de sabbat !

Oyant le mot « sorcière », Mirella sentit ses tripes trépider d'angoisse. Elle baissa la tête et resta coite, l'œil fiché à terre.

Le prêtre poursuivit ses réprimandes. La danse était un acte impie ! Certes, elle était tolérée les jours de fête, mais alors il fallait s'y adonner avec mesure et retenue !

Mirella colla son menton contre la poitrine. Le prêtre, qui chaque dimanche sermonnait les paroissiens, l'avait toujours terrifiée. Quand il faisait le portrait du Diable aux mille visages, la jeune fille se rencoignait dans un coin de l'église, certaine qu'un jour il finirait par la pointer du doigt et la condamner au bûcher.

– Et sache que Dieu voit tout, ajouta-t-il. Par lui, je connais les faits et gestes de tous mes paroissiens. Je sais que tu t'emmitoyes avec tes compains au bord de la rivière ! Et tu mignonnes même avec le manant, pauvre traînée ! Quand cesseras-tu de vivre en vileté ?

Il gestura en direction des haillons de la jeune fille.

– Et comment peux-tu aller partout en ville dans cette indécente vêture ?

Mirella plia plus bas encore. La mine contrite, elle endurait les crachats du prêtre. Jamais il ne l'écouterait. Inutile de lui faire entendre qu'elle ne possédait d'autre linge que ces guenilles. Elle faisait durer ces défroques du mieux qu'elle pouvait depuis sept années. Elle avait grandi dans ces loques, tant est que, par une spatiale accordance, icelles avaient raccourci.

Le prêtre était très à la fureur, ayant depuis longtemps la porteuse d'eau en vue. Il ne supportait pas qu'une garce non mariée coure la ville. La place des pucelles était entre quatre murs, derrière les jupes de leurs chaperonnes, d'où elles ne risquaient point d'exposer les habitants à la tentation. Icelle affichait tout le jour son frais minois, son jeune corps aux membres blancs, à la ferme charnure. Une telle prétention le révulsait.

Emporté par sa harangue, maintenant le prêtre contait par le menu les déportements licencieux auxquelles se livrait la porteuse avec la moitié de la ville. Tant était grand le degré de son échauffement, que sa main crispée sur l'épaule de Mirella tremblait convulsivement. Il soufflait, rouge, en décrivant les attouchements qu'elle quémandait aux honnêtes paroissiens, n'étant jamais rassasiée.

Mirella préférait être accusée de débauche plutôt que de sorcerie, le premier grief lui semblant moins damnable que le second.

À la parfin, le prêtre s'épuisa de ces remontrances. Il suait d'avoir tant tancé cette brebis égarée. Icelle montrait de satisfaisants signes de repentance : à force de baisser la nuque, puis de ployer le dos, elle avait fini à genoux, le front contre le sol. Il poussa un soupir de soulagement. Il avait réussi à faire pénétrer un peu de morale chrétienne dans ce corps impur. Sa main se dégrippa.

Soudain retentirent un grand fracas, moult criements et notes discordantes. Il se retourna. Mirella en profita pour s'ensauver. Elle quitta pressément la grand-place.

Danseurs et musiciens gisaient sur le dos, à jambes rebindaines, empêtrés dans un amas de planches disloquées. L'estrade venait de s'écrouler. Les rats en avaient rongé les fondations.

Chapitre IV
Un enfant plein d'effroi

Aux commençailles du mois de juillet, le soleil décida qu'Hamelin ferait une rôtissoire idéale. Il semblait qu'une douche de feu vous tombait sur le crâne dès que vous mettiez le nez dehors. Aux heures les plus chaudes, les braves habitants restaient à l'ombre, endurant vaillamment cette insufférable chaleur.

Mirella courait donc en plein cagnard afin d'apaiser le gosier de tous ces assoiffés, occupés à fondre derrière leurs auvents clos. À chaque arrêt, elle trempait sa main dans son seau, baignait son front et sa nuque, puis repartait abreuver cette ville qui s'étiolait.

Une chose seulement confortait les habitants : les rats avaient disparu. Nul doute que l'ardent soleil les avait tous grillés, ou que les nuisants en quête d'ombre avaient migré vers les montagnes.

Mirella fit une pause au bord de la Weser. Elle caressa l'eau de ses mains, s'abandonnant à la fraîcheur du courant. Puis elle sangla de nouveau les seaux pleins sur ses épaules.

Comme elle était sur le départir, elle aperçut un étrange convoi. Trois hommes avançaient vers la rivière. Ils portaient un seau aux bords élargis, où était fixée une anse très allongée. Mirella reconnut le lépreux qu'elle avait croisé quelques semaines plus tôt. La voyant, les trois hommes hésitèrent à approcher plus. La porteuse les salua et s'écarta pour leur faire place.

Le lépreux lui rendit son salut. Mirella mirait avec étonnement leur seau d'étrange forme. Il expliqua :

– J'ai moi-même fabriqué cette anse. Ainsi, nous pouvons aisément porter le seau ensemble. Car voyez-vous, à nous trois, nous n'avons que douze doigts, aussi nous conjoignons nos efforts.

Mirella opina. Elle était surprise par le total de doigts de ces trois hommes, mais surtout par le vouvoiement que le lépreux lui avait adressé.

Sans plus qu'elle s'y apense, voilà qu'ils s'assirent sur la rive, et se mirent à deviser. Mirella goûtait au plaisir nouveau d'échanger avec quelqu'un qui ne la rabrouait pas. Le lépreux se réjouissait de parler à une personne extérieure à la léproserie, joie encore renouvelée par l'admiration de ses compagnons. Iceux furent de prime fort ébahis, voyant cette jouvencelle qui ne se ruait pas dans la direction opposée à leur approche. Ils redoublèrent d'émerveillement quand ils surent qu'elle était l'inventrice du chant des lépreux. À la léproserie, tous savaient déjà le chanter. Oyant quoi, Mirella rosit de fierté.

Au cours de ces parlements, le lépreux lui demanda des nouvelles d'Hamelin, du bourgmestre, de son conseil. Mirella répondit du mieux qu'elle pouvait. Le lépreux baissa la tête. Ces échos de la ville le rendaient chagrin et marmiteux.

– J'étais échevin, autrefois, expliqua-t-il.

Mirella envisagea cet homme simplement vêtu, faible et mal allant. Il était difficile d'accroire qu'il avait fait partie des bourgeois les plus étoffés d'Hamelin, et siégé au conseil.

Quand la maladie l'avait frappé, suivant la loi, il avait été chassé de la ville. Une cérémonie avait été organisée à l'église, au cours de laquelle on l'avait déclaré mort.

– Le service funèbre était fort émeuvant, raconta le lépreux. Le bourgmestre a dit un beau discours. Mon épouse pleurait à grandes eaux, en serrant mon fils contre son sein. Il était âgé de quelques mois, alors. Maintenant, il doit avoir cinq ou six ans. Puis nous sommes sortis de l'église. J'ai légué tous mes biens à mon épouse, ôté ma belle vêture, mes bijoux. En échange, on m'a baillé ma robe de ladre jaune, mon écuelle et ma crécelle. Le prêtre a déposé une motte de terre sur mon front pour montrer au monde qu'il m'enterrait, et j'ai rejoint la léproserie.

Mirella trouva le sort du lépreux bien rigoureux. Elle, elle n'avait connu que la misère : elle n'en souffrait pas, tant ce sort lui était coutumier. Et elle avait la chance d'être bien portante.

Elle regarda les trois hommes s'en retourner, marchant de guingois et peinant à porter leur seau plein. Elle se secoua, sauta sur ses pieds et se remit au travail. Mais devant que de rentrer en ville, elle eut la curiosité de s'approcher de la léproserie.

C'était un bâtiment très simple, tout en longueur, avec des murs blancs en torchis et un solide toit d'ardoise. Les environs étaient déserts. Comme le reste d'Hamelin, les malades devaient rester à l'intérieur aux heures les plus chaudes. Mirella avisa un grand tonneau posé devers l'entrance, destiné à recueillir l'eau de pluie. Il était vide. Il fallut à Mirella une bonne dizaine d'allers et retours à la rivière pour le remplir à ras bord. Nul ne l'avait vue faire. Elle s'en retourna dans Hamelin.

*
* *

Par cette cuisante touffeur, Pan avait plus de peine à besogner que jamais. Ses bras tremblaient tant, qu'il n'emplissait plus ses seaux qu'au quart. Il lui fallait alors courir sans cesse à la rivière. Il galopait dans Hamelin, égaré sous ce soleil éblouissant, distribuant trois gouttes d'eau qui-ci, qui-là, avec pour tout salaire des remontrances ou des taloches.

La cloche sonna à l'huis d'une maison qu'il n'avait encore jamais visitée. Cet impérieux carillon le fit réagir comme un coup de fouet : l'enfant courut vers la demeure et s'y engouffra, sans même en regarder l'enseigne. Icelle représentait une scie, un rasoir et une dent.

Une fois la porte passée, Pan se trouva plongé dans le noir. Les auvents étaient rabattus. Ensuivant l'aveuglante lumière du dehors, les yeux du garçonnet n'étaient pas habitués à la pénombre.

Dans les ténèbres, un hurlement retentit. Pan recula. Une voix grave cria d'un ton autoritaire :

– De l'eau, de l'eau !

Pan obéit en sursaut. Il courut vers la voix, les jambes flageolantes, la cervelle embrumée par la fatigue, oubliant les seaux qu'il avait posés à son entrée. À la parfin, ses prunelles distinguèrent les formes sombres à l'entour. Il vit un homme couvert de sang.

Pan venait d'entrer chez le chirurgien-barbier-arracheur de dents. Au Moyen Âge, n'importe quel quidam doté d'une solide membrature et de quelques notions d'anatomie pouvait se faire chirurgien. Le chirurgien d'Hamelin était fort réputé : il arrachait d'un coup les dents pourrissantes, savait extirper le poulain des entrailles d'une jument qui peinait à mettre bas et avait même, en une occasion, effectué une trépanation, creusant le crâne d'une femme folle à l'aide d'un énorme tourne-bouchon de son invention. Parfois, il rasait les hommes et leur coupait les cheveux.

Ce jour-là, on lui avait porté le forgeron, geignant de douleur après qu'une enclume lui était tombée sur le poignet. L'avant-bras était tout écrasé : il fallait amputer. Le chirurgien avait bravement commencé à scier le radius, mais le sang giclait dru. Il lui fallait de l'eau pour rincer la plaie, car il voyait à peine où il coupait.

Le malade était allongé sur une table. L'apprenti du chirurgien le maintenait par les épaules pour l'empêcher de contrester. Le bras sanglant du patient dépassait de la table. On avait posé la main abîmée sur un tonneau. Le chirurgien-barbier coupait le membre au-dessus du vide. Irrité par son eau qui n'arrivait pas, le sang qui lui saillissait dans les yeux et la chaleur qui le faisait suer à torrents, le chirurgien poussa un grognement. Avec les deux mains, en forçant, il donna un bon coup de scie.

Pan, épeuré, trébucha. Il mit les pieds dans une flaque de sang poisseuse et s'étala. Le sol dallé était légèrement en pente, pour favoriser l'écoulement du sang, qui ne manquait pas de ruisseler en flots quand le chirurgien travaillait. Pan glissa sous la table.

L'os craqua d'un coup sous la lame. Emportée par son mouvement, la scie continua son chemin, et sur sa route encontra la cuisse de l'enfant, qui avait débaroulé juste en dessous. Le métal lui entailla profondément les chairs.

Le chirurgien-barbier se redressa, grommelant après ce marmot qui lui traînait dans les pattes. Il s'aperçut que la lame de sa scie était bien enfoncée dans le cuissot du petit. Il partit d'un franchouyard rigolement :

– Par la sainte Pudentienne* ! Deux d'un coup ! Deux d'un coup ! As-tu vu cela ? dit-il à son apprenti.

Il était grandement fier. C'était bien la première fois qu'il amputait deux personnes en même temps d'un seul tour de poignet. Si l'histoire venait à se savoir dans Hamelin, nul doute que sa clientèle allait doubler.

Seulement voilà, la cuisse du bambin n'était qu'entamée. Pour ne pas ternir sa future renommée, le chirurgien attrapa l'enfant. Il avait le goût du travail bien fait : il devait terminer son ouvrage.

Comme chaque jour, Mirella arpentait le quartier de Pan en même temps que le sien, en prenant seulement soin de ne jamais approcher de l'auberge, où elle n'était pas la bienvenue. Elle n'avait qu'à tendre l'oreille : lorsque, dans une rue, maintes cloches sonnaient pour réclamer rageusement l'eau, elle courait servir les habitants, afin de soulager quelque peu la cadence pour Pan. Ce pour quoi elle se trouvait non loin, quand elle entendit hurler l'enfant. Elle lâcha ses seaux et courut dans la maison du chirurgien-barbier.

Elle resta un instant pétrifiée. Elle avait mis les pieds dans une mare de sang. Sur une grande table,

* Sainte patronne des amours contrariées et des fromages à pâte molle.

un homme reposait, pâmé, un bras en moins. À son côté, on avait allongé Pan. Il paraissait bien petit, comparativement à l'autre malade. Le bas de son corps était tout ensanglanté. L'enfant se démenait sous la poigne de l'apprenti, qui attentait de le faire sagement tenir sur la table.

– Il faut trancher ! répétait le chirurgien-barbier. Sinon la plaie va s'infecter. Cesse donc de gigoter et laisse-moi seulement finir la besogne. Ce ne sera rien, juste une seconde, j'ai déjà sectionné presque toute la cuisse.

Mirella agit sans réfléchir. Elle cria simplement :

– Non !

Personne ne l'avait ouïe entrer. L'apprenti, surpris par ce cri, lâcha Pan. Sans tarder, Mirella se saisit du garçonnet. Il accrocha ses bras tremblants autour de son cou. Mirella sortit en courant de la maison, sans écouter le chirurgien, qui lui criait que la jambe allait se gangrener.

Inutile de porter l'enfant chez le médecin. Il ne soignait que les notables de la ville et parfois les pécunieux fermiers, à qui il faisait chèrement payer ses services. Mirella marcha jusqu'à la grange et allongea Pan dans la mangeoire. Il s'évanouit. Elle retourna chercher ses seaux et ceux de l'enfant.

Lorsqu'elle revint, le sang avait cessé de couler, mais la cuisse était fortement enflée. Pan souffrait de fièvres malignes.

Au soir, en portant la nourriture, l'échevin jeta un œil au garçonnet.

– Il nous faut un nouveau porteur d'eau, dit Guerric.

– Tout beau, Guerric ! répliqua Mirella. Celui-ci va se rétablir.

– Il est expirant, dit Guerric. Au mieux, il sera boiteux. Remplaçons-le dès à présent.

L'échevin s'essuya le front. La chaleur accablante l'empêchait de penser. Certes, il y avait grande ressource d'enfants trouvés pour prendre la place d'icelui. Mais dans le troupeau, tous étaient encore petits et malingres. Le mois dernier déjà, en choisissant Pan, il s'était donné bien du mal pour dénicher un garnement plus haut que les seaux qu'il devait porter. Il lui déplaisait d'avoir à renouveler les porteurs d'eau si vitement. Il avait d'autres tâches à accomplir.

– Tant que celui-ci est vif, vous avitaillerez son quartier, déclara-t-il. Nous verrons s'il pourra se remettre au labeur d'ici quelques jours.

Les porteurs protestèrent peu ou prou. Une fois parti l'échevin, ils voulurent saisir la pitance de Pan, qui serait sans doute trop faibli pour la gloutir. Mirella parvint à mettre de côté le bol de l'enfant.

Elle passa sa cuisse à grande rasée d'eau claire, et baigna le reste de son corps chétif, afin de faire tomber la fièvre. Elle lui chanta une comptine de son invention. Quoi fait, elle souffla doucement sur son front humide pour le rafraîchir. La voix et le souffle de la porteuse l'apaisèrent peu à peu. Pan s'endormit.

Mirella cessa de chanter, et un bruissement monta dans le silence. Elle savait désormais le reconnaître. Les rats. Ils n'avaient pas le moindrement fui la chaleur, comme le pensaient les habitants. Ils se tassaient tout le jour. Mais dès le coucher du soleil, la ville était à eux. Et en ce soir, ils faisaient noise de manière plus assourdissante que jamais.

Chapitre V
Et des lépreux sans doigts

Il n'était plus possible de fermer les yeux sur l'invasion qui assaillait Hamelin. Les rats surgissaient de partout : entre les coffres, derrière les portes des buffets, sous les lits, depuis les solives du plafond. On plaça des pièges, du poison. Pour un rat tué, dix autres prenaient sa place. Les rongeurs causaient la ruine des greniers et des offices, car ils salissaient tout avec leurs crottes. Il suffisait qu'un seul nuisant se faufile dans un baril de poissons séchés, pour qu'après son passage la barrique entièrement pourrisse.

La nuit, surtout, les femmes ne savaient plus où poser le pied. Les rats se perdaient dans les doublures de leurs grandes jupes et, le temps qu'on les en déloge, ils avaient grimpé jusqu'à leurs fessiers. À tout moment, une jouvencelle bondissait, poussant de stridents criements et soulevant ses jupons. D'aucunes se mirent à envier les hommes et leurs chausses bien serrées, où ne pouvaient se glisser les rongeurs.

Puis de petites bêtes furent attaquées. Les habitants retrouvèrent des bouts de poussins dans leurs poulaillers. Les lapereaux y passèrent à leur tour. On craignit pour les nourrissons. Les mères suspendaient les berceaux. Mais elles n'étaient pas tranquilles, car les nuisants pouvaient grimper le long des murs et sur les poutres du toit.

Tant grave était l'invasion que la populace se pressa devers le beffroi pour en appeler au bourgmestre. Oyant le tapage de la foule depuis la grange, Mirella sortit observer la scène. Pan était toujours alité, mais la navrure sur sa cuisse restait nette et propre, et la jambe désenflée.

Le bourgmestre sortit de chez lui et monta sur l'estrade. On l'avait rebâtie depuis la dernière fête : sans quoi, comment aurait-on pendu le prochain vagabond ou escroqueur ? La nouvelle estrade, en chêne massif, était deux fois plus grande. Pour l'heure, elle résistait aux rongeurs.

Le bourgmestre était superbement vêtu de satin et dentelle. Il se tint un moment silencieux face aux habitants, affichant une mine tant sérieuse, que la populace peu à peu s'apaisa.

– Peuple d'Hamelin, dit-il d'une voix forte, bien ai-je ouï vos doléances. Sans me décourager devant cet envahissement pernicieux de notre belle ville, j'ai préparé une contre-attaque. J'ai appointé une troupe de désinfecteurs, qui cureront les rues de ces nuisants.

Un brouhaha approbateur s'éleva de la foule.

– Ces attrapeurs de rats, vous les connaissez déjà : ce sont nos porteurs d'eau, chargés d'une nouvelle responsabilité à Hamelin ! dit fièrement le bourgmestre.

En détruisant une partie de ses provendes, les rats lui avaient déjà coûté bien des pécunes. Le bourgmestre n'allait pas encore verser force florins pour payer des dératiseurs. D'où cette idée, simple et lumineuse, d'employer les bras qu'il avait déjà gratuitement à son service. Les échevins applaudirent, et la foule suivit, emportée par cette liesse générale. Mirella, depuis la grange, poussa un discret soupir.

Puis, aussi solennellement que s'il leur avait conféré la croix de l'ordre du Saint-Esprit, le bourgmestre remit à chaque porteur un solide bâton. Mirella se demanda comment elle parviendrait à porter à la fois seaux et bâton, et où elle trouverait le temps d'avitailler deux quartiers de la ville en eau, tout en les débarrassant de leur vermine.

Le plus beau de l'affaire fut la conclusion du bourgmestre : afin de tirer gloire de leurs nouvelles fonctions, les attrapeurs de rats porteraient les bêtes qu'ils tueraient en trophée autour de leur ceinture. La foule applaudit une nouvelle fois.

Le prêtre lui succéda sur l'estrade. Il promit une messe spéciale, au cours de laquelle tous les habitants supplieraient Dieu de les soulager de cette invasion.

– Et n'oubliez pas, ajouta-t-il, les pièges et ratières ne sont efficaces que si vous faites au-dessus le signe de croix, en invoquant sainte Gertrude de Nivelles*.

Tous se retirèrent, rassurés. Le soir même, le bourgmestre eut une seconde illumination. Son épouse était mordue sans répit par les petites bêtes, que c'en était pitié. Cela lui donna une idée. Dans la salle à manger était exposée la vieille armure de son grand-père. Le bourgmestre enfila cette efficace protection, heaume compris, et se promit de ne pas l'enlever tant que les rats pulluleraient dans sa ville. Son épouse affirma qu'il avait l'air très valeureux, ainsi attifé. Elle ne trouva pas à se plaindre, même quand il entra dans le lit tout armuré. Après tout, c'était la

* Sainte patronne des chats, elle repousse les rats et souris. On l'appelle aussi « l'étripeuse de nuisants ».

nuit qu'on était le plus attaqué, à tel point qu'elle se réveillait au matin, le corps couvert de griffures, dans des draps tachés de gouttelettes de sang.

*
* *

Mirella évitait assez aisément les morsures. Elle n'avait pas assez de guenilles sur le corps pour que les rongeurs se faufilent sous le tissu. Son pied était alerte : quand une de ces bêtes lui filait entre les jambes, elle l'esquivait d'un petit saut de côté. Elle craignait cependant que les rats n'attaquent Pan pendant son sommeil. Dans la journée, l'enfant avait assez de forces pour lui-même les chasser. La nuit, elle veillait, ne dormant que d'un œil.

Les porteurs d'eau s'amusèrent de leurs nouvelles fonctions pendant quelques jours. Les bâtons étaient une pauvre arme contre l'invasion : les rats étaient rapides et partout se faufilaient. Les porteurs en tuèrent une poignée, qu'ils affichèrent à leur ceinture en morguant et faisant les fiérots. Les récoltes continuaient d'être lentement dévorées.

Un jour que Mirella, portant l'eau, croisait Guerric, il lui sembla que le jeune homme lui décochait des œillades plus noires qu'à l'accoutumée. Las ! Voilà qui était bien un souci de plus. Ses journées se passaient à battre le pavé, chasser les rats, abreuver son quartier et celui de Pan. Au soir, elle avait tout juste la force de rincer la blessure de l'enfant et de lui chanter une berceuse, avant de s'endormir.

Les jours suivants, les autres porteurs se mirent à leur tour à la regarder de biais. Mirella était habituée à ce qu'ils la molestent bien ouvertement. Quand elle entra dans la grange, le soir, ils se turent à son arrivée. Leurs coups d'œil en tapinois et leurs messes basses l'inquiétèrent grandement. Cette nuitée-là, à peine dormit-elle, tant était grand le tourment de se savoir si près de huit gaillards, et d'ignorer ce qu'ils manigançaient à son encontre.

Elle vit qu'enfin le coup allait tomber, le jour où Guerric resta à l'attendre près de la rivière. Elle approcha lentement. Le porteur avait la face fort revêche.

– Ils t'attendent, dit-il avec humeur.

– Qui cela ? demanda Mirella.

– Tu dois bien assavoir de qui je parle. Voilà trois jours qu'ils te cherchent à la rivière, mais tu cours comme cabri, aussi n'arrivent-ils jamais à t'attraper. Et voilà donc qu'ils nous escagassent, moi et les autres, pour que je te transmette le message.

Mirella ne comprenait toujours pas.

– Je parle des lépreux, dit enfin Guerric.

– Les lépreux ? s'étonna-t-elle.

Le porteur entra dans une colère nonpareille.

– Qu'est-ce que tu fricotes avec eux ? Es-tu devenue folle ? Par les saints Dieux, si tu as la lèpre et que tu nous le caches, bien te le ferai regretter !

Et le garçon mirait les mains de Mirella, à la recherche des premiers signes de la maladie.

– Fi ! Qu'est-ce que tu racontes ? dit Mirella en levant les paumes devers elle. Je suis bien portante. Et je ne sais ce qu'ils veulent.

– Tu le sauras bien tôt. La reine des lépreux te mande.

Il ajouta en se penchant vers elle de toute sa haute taille :

– Et crois bien que je ne veux plus voir l'un d'eux près de la rivière quand nous y allons. Ou alors je les dénonce au bourgmestre.

Le bourgmestre était capable d'interdire aux lépreux de puiser de l'eau dans la Weser. Elle apaisa Guerric du mieux qu'elle put et lui promit tout ce qu'il voulait.

Dès le départir du jeune homme, elle se dirigea vers la léproserie. Elle éprouvait quelque appréhension.

Seuls les lépreux entraient dans la léproserie. Mirella ignorait qu'ils avaient une reine. Elle resta un temps devant l'huis. Enfin, elle se décida à sonner la cloche.

La porte s'ouvrit à deux battants. Mirella recula. Quatre lépreux soulevaient une chaise à porteurs. Maugré leur frêle constitution, ils relevaient fièrement la tête, et leurs bras ne tremblaient pas. Ils s'avancèrent devers la léproserie. Derrière suivaient tous les habitants du lieu, en rangs par deux.

Les porteurs déposèrent la chaise à terre et en ouvrirent la porte. La reine apparut, dignement assise. Mirella s'émerveilla de cette arrivée en grand bobant, avant de comprendre que la reine ne pouvait point autrement se déplacer. Les manches de son blanc bliaud et le feston de sa longue jupe pendaient, vides : elle n'avait plus de mains ni de pieds.

Elle sembla à Mirella une apparition d'un autre monde. Sa peau était presque transparente. Un fin voile de gaze claire masquait le bas de son visage. Le voile ne faisait pas un pli : son nez avait disparu. De sa face, on ne voyait que ses yeux, immenses et perçants, aux pupilles d'un bleu pâle. Sur son crâne lisse et chauve était posée une couronne très légère, faite d'un entrelacs de fils d'or blanc.

La reine fit un signe en levant sa manche. Un des lépreux debout à côté d'elle s'avança. Il tenait un paquet enveloppé dans du papier, qu'il déposa aux pieds de Mirella.

– Un présent, dit la reine, pour celle qui a inventé notre chant et rempli notre tonneau d'eau.

Mirella n'avait jamais reçu de cadeau. Elle ne savait pas comment réagir. Devait-elle se baisser et le prendre, l'ouvrir de sitôt ? Ou attendre ? Comment fallait-il remercier la reine ? Faisait-on des révérences en pareille circonstance ? Elle était si perplexe qu'elle resta les bras ballants. Au fond d'elle-même, elle soupçonnait là quelque piège. Mieux valait ne rien faire.

La reine sourit avec bienveillance.

– Approche, dit-elle.

Mirella obéit, fascinée. Elle avança tout près de la lépreuse, bien plus que n'autorisaient les lois et le bon sens. Elle n'avait pas peur et n'éprouvait pas de dégoût. La reine tendit un bras et effleura la joue de la jeune fille avec son moignon. Mirella ne frémit pas.

– Quels beaux cheveux, murmura la reine.

Par habitude, Mirella passa les mains sur sa touaille, afin de faire disparaître la mèche de cheveux qui s'était échappée. Point n'en trouva-t-elle. Sa chevelure était bien cachée sous le tissu.

– Tout le monde plaint les lépreux, dit la reine. Mais notre mal peut devenir une force. Nous autres, nous apprenons à voir au-delà des apparences. Nous savons juger les hommes pour ce qu'ils sont vraiment, sans nous arrêter à leur affublement ou à l'état de leur peau. Céans, d'aucuns pensent même que j'ai le don de seconde vue. On me dit un peu sorcière.

Mirella tressaillit. Maugré la chaleur, une coulée glacée sillonna sa nuque. Si Guerric apprenait qu'elle fréquentait une sorcière, elle s'aventurait à de graves ennuis et malencombres.

– Toi aussi, tu es spéciale, ajouta la reine.

Mirella recula d'un pas, la tête baissée. Ces parlements prenaient un tour dangereux. Elle ne voulait point ouïr un mot de plus. Elle eut envie de fuir.

– Si tu acceptais cela, tu aurais moins souvent peur, dit la reine.

Mirella rentra les épaules et jeta un œil à l'entour. Elle craignait d'être surprise par quelqu'un de la ville. Il était temps que cet échange finisse. La reine soupira, si doucement que seule Mirella l'entendit. Elle fit un nouveau signe de la manche. Les lépreux remportèrent sa chaise. Les portes de la léproserie se refermèrent derrière elle.

Mirella attrapa le présent, qui était toujours à ses pieds, et s'ensauva.

Dès qu'elle fut loin des regards, cependant, elle n'y tint plus. Fébrilement, elle ouvrit le paquet. Elle en tira un surcot de bonne façon et belle matière. Mirella palpa timidement l'étoffe, qui lui parut d'une incrédible douceur sous ses mains calleuses. Jamais elle n'avait possédé un vêtement neuf.

Mais le plus émerveillable était sans nul doute la couleur de cette robe, d'un vert vif. Mirella se doutait que les lépreux fabriquaient eux-mêmes des petits objets de bois ou de métal, puisqu'ils n'avaient pas le droit de s'approvisionner auprès des marchands de la ville. Qu'ils tissent leurs vêtures, cela n'avait rien de surprenant. Mais elle était tout ébaubie de découvrir qu'ils les teignaient.

Hamelin n'avait pas de teinturier. Chacun savait que la teinture était une feintise, une opération non naturelle, qui transformait l'ordre des choses. Au Moyen Âge, on craignait les teinturiers, qui osaient colorer le monde en une carnation différente de celle que Dieu avait imposée, et maniaient pour ce faire drogues, filtres et poisons. L'acte de teindre s'appelait alors l'« infectur », car on infectait le tissu avec des pigments. Les habitants d'Hamelin portaient pieusement de grises ou brunes vêtures, à l'exception des bourgeois, qui affichaient du rouge et de l'or. Mais ils s'étaient bien sûr fournis en étoffes colorées auprès de marchands étrangers.

De toutes les couleurs, le vert était la plus difficile à fixer. Mirella tenait entre ses doigts un vêtement de grande valeur et rareté. Elle n'osa point l'enfiler. Il faudrait qu'elle cache ce surcot, ou les porteurs le lui prendraient. Elle le cala dans son dos, sous ses guenilles, et se remit au travail.

Toute la journée durant, elle repensa à son présent. La pensée de cette belle étoffe cachée sous ses haillons la transportait. Au fil des heures, elle n'eut plus qu'une pensée : elle voulait essayer le vêtement, en sentir le contact contre sa peau. La journée finissait. Elle conserva de l'eau au fond de ses seaux pour s'y regarder. Son cœur battait d'impatience.

Devant la gargote de Lottchen, le garçon d'auberge l'alpagua. Mirella baissa la tête et voulut passer son chemin. Le garçon l'empoigna rudement par le bras.

– Baille-moi donc de l'eau, et vite ! Lottchen ne nous verra pas.

Depuis que Pan était alité, le garçon devait lui-même aller puiser l'eau à la rivière. Bien lui déplaisait cette corvée supplémentaire. Mirella n'osa protester. Le garçon vida l'eau qu'elle avait mise de côté, puis la poussa hors des cuisines.

La jeune fille s'éloigna vitement de la rue passante. Elle s'esbigna dans un renfoncement derrière l'auberge, bien à l'abri des regards. Elle n'avait plus d'eau pour y mirer son reflet. Elle ne devait point tarder de rentrer à la grange, sans quoi les porteurs gloutiraient son repas et celui de Pan. Mais elle rêvait, une fois seulement, de passer le surcot avant de le cacher à nouveau.

L'impasse était étroite et déserte. Mirella jeta un œil autour d'elle. Elle sortit le surcot et l'enfila.

Elle frémit de plaisir en sentant la caresse du tissu neuf contre sa peau. Il lui semblait être quelqu'un d'autre. Elle ne pouvait se voir, mais songea qu'elle devait être très belle.

Elle ne se lassait pas de la sensation de l'étoffe douce et fluide sur sa chair. Elle tournoya pour faire voler les pans du surcot. Elle bondit pour sentir le tissu qui se soulevait autour de ses cuisses, leva les bras, joyante et coquette pour la première fois. Elle aurait voulu toujours porter cette vêture.

Un frisson pernicieux saisit sa nuque, l'alertant d'un danger. Elle se retourna. Lottchen la regardait virevolter, bouche bée. L'alberguière, en grand effroi, se signa.

Bien peut-on comprendre Lottchen. À cette époque, le plus grand danger n'était pas les brigands, les soldats étrangers, la maladie, les rudes hivers, la famine, la mort en couches, les accidents. C'était le Diable, qui rôdait sournoisement parmi les mortels pour quérir leurs âmes.

– Mon père ! Mon père ! cria Lottchen.

Mirella paniqua. Elle voulut ôter le vêtement, cacher ses cheveux qui s'étaient échappés et, dans la précipitation, s'emmêla les mains.

Le prêtre avait été appelé au chevet d'une mère-grand qui habitait une maison jouxtant l'auberge. Lottchen, qui sortait jeter un seau d'ordures, venait de le saluer. Oyant crier, le prêtre accourut, prêt à porter secours à la bonne âme qui implorait son aide.

Il déboucha dans le renfoncement et s'arrêta, saisi.

Le soleil se couchait. Les rayons rasants illuminaient les cheveux de Mirella, qui irradiaient plus vivement que la braise. Cette chevelure rousse rappelait celle du traître Judas. Elle se déversait sur une robe d'un vert flamboyant qui, comme chacun sait, est la couleur du désordre et de la folie. Le prêtre dut se protéger les yeux, ébloui par ce déchaînement de couleurs diaboliques.

– Maudite folieuse ! cria-t-il en brandissant devers lui son chapelet.

– Mon père, c'est la fille du Diable en personne ! ajouta Lottchen, la poitrine houleuse. Elle était en train de jeter un sort en dansant !

Mirella sentit son cœur lui pilonner les côtes. Cette fois, elle n'y échapperait pas. C'était le bûcher qui l'attendait.

– Ou bien voulait-elle attirer les hommes en ce lieu pour avec eux s'emmitoyer, dit le prêtre avec une moue de dégoût. On raconte que partout elle paillarde, même avec les manants de la ville.

Il brandit son chapelet et avança vers Mirella en récitant une prière. Il constata avec satisfaction que ces divines paroles subjuguaient la donzelle, qui s'était aussitôt mise à genoux.

La voyant si bien soumise, il récolta son courage. Il s'approcha de la diablesse et saisit un pan de sa démoniaque vêture. Il tira si fort que la couture latérale rompit. Un morcel de cette étoffe lui resta dans la main.

– À qui as-tu volé ce surcot ? demanda-t-il en découvrant entre ses doigts la richesse du tissu.

Mirella baissa un peu plus la tête. Elle répondit d'une toute petite voix :

– Les lépreux me l'ont offert. Ce sont eux qui l'ont cousu. En échange d'un service. Je leur ai baillé une grande quantité d'eau.

Sitôt, le prêtre lâcha le lambeau contaminé. Il frotta sa main contre sa bure. Il devait pressément rentrer à l'église et plonger la paume dans l'eau bénite. Puis il dirait force prières pour implorer Dieu de n'avoir pas attrapé la lèpre.

La jeune débauchée n'était plus son souci le plus pressant. Il marmonna un bref sermon et fit demi-tour en courant.

Lottchen resta seule face à Mirella. Son visage se tordait de malepeur.

– Sorcière, lui lança-t-elle rageusement. J'ai toujours su que tu étais dangereuse. Tu causeras notre perte à tous ! Surtout ne reviens plus jamais devant moi !

L'alberguière s'éloigna de cette gueuse démoniaque.

Mirella dut attendre quelques secondes avant que son cœur cesse de tambouriner. Elle ôta son surcot déchiré, le posa au sol et le piétina contre la poussière, jusqu'à ce qu'il devienne entièrement gris. Ainsi maculé et déchiré, il n'attiserait plus les convoitises ou les maldisances. Elle le roula en boule, le glissa contre elle et rentra à la maison.

Chapitre VI
Une ombre passa

Il était désormais certain qu'Hamelin était l'objet de la colère divine. Les rats continuaient à tout envahir. Ceux qui possédaient des récoltes ou des biens voyaient leurs économies fondre sous leurs yeux, car les nuisants n'épargnaient rien, rongeant même le tissu et le bois.

Dans son auberge, Lottchen était bien en peine. Les bêtes semblaient avoir une prédilection particulière pour son logis. Il lui fallait protéger ses réserves, chasser les rats de la grande salle, récurer la vaisselle pour ne point servir les clients dans des chopines souillées.

Aussi n'avait-elle plus le temps d'assurer correctement le service, tant est que le garçon d'auberge devait faire double besogne, aux cuisines et dans la grande salle. Cette après-midi-là, il peinait à servir tout le monde, et les clients s'impatientaient.

Quand Mirella passa, avec son bâton et son seau, il lui cria :

– Hé, toi ! Viens donc céans.

Mirella hésita. Mais le garçon préférait encourir la colère de sa maîtresse par sa désobéissance, que de se voir privé de pécunes pour n'avoir pas servi une tablée à temps, et perdu des clients. Il insista :

– Entre donc !

La tête basse, la porteuse passa la petite porte qui menait à l'office et aux cuisines. Lottchen, dans la grande salle, n'avait rien vu.

– Surveille mes buffets, le temps que je prenne les commandes et que je serve le gros des troupes, dit-il. Ne laisse pas un rat approcher. Ce ne sera pas long. Je reviendrai tantôt. Nul ne saura que tu m'as aidé.

Mirella craignait Lottchen, mais le garçon d'auberge, grand, âgé d'une vingtaine d'années, pouvait lui causer du souci si elle ne lui obéissait pas. Elle posa ses seaux et attrapa le bâton noué dans son dos. Avant de la quitter, le garçon se pencha vers elle :

– Et pas de fableries ! Je t'ai à l'œil.

Dans la salle, les clameurs des clients assoiffés retentirent. Le garçon se pressa d'aller les servir.

Oyant un grattement, la jeune fille brandit son bâton. Des rats s'approchaient de la jatte de lait, agitant leur museau convoiteux. Elle dauba un grand coup en leur direction. Les rongeurs s'enfuirent.

Elle resta là, le bâton dressé, l'œil perçant, l'oreille en alerte. Rien. Point de chicotements. Ce silence lui parut de sombre augure, comme si les rats préparaient un mauvais coup. Sans raison, elle se sentit angoisseuse. Elle était là, seule, dans la réserve, et une peur insidieuse serrait ses entrailles. Quelque chose n'avançait pas droit. Quoi, elle n'aurait su dire. Mais elle ne put chanter pour se donner du cœur, tant sa gorge était sèche, et sa poitrine oppressée.

Enfin, elle les vit. Son souffle s'accéléra. Trois rats passèrent à ses pieds.

Depuis des semaines déjà, Mirella voyait filer des troupeaux de ces rongeurs, tous similaires, avec leurs luisants pelages noirs, leurs longues queues grises qui oscillaient derrière eux en battant la poussière.

Ces trois rats étaient différents. Non point dans leur apparence : ils avaient même face poilue que leurs frères. Mais ils se distinguaient par leur allure. Ils ne furetaient guère, ne s'arrêtaient mie pour renifler l'air, ne tournaient pas en rond. Ils trottaient en ligne, silencieusement, droitement, toujours à même vitesse. On aurait dit trois soldats qui chargeaient, sous la dictée de quelque général invisible.

Les rats partirent résolument vers la grande salle de l'auberge.

La chaleur ne s'étant point amoindrie, la moitié d'Hamelin avait eu grande envie d'une chopine de cervoise fraîche. Lottchen, comme un chef d'orchestre, prenait et distribuait les commandes. Elle saluait, clignait, tournait sa croupe et, surtout, gardait un œil sur le sol, la vaisselle et la nourriture. Le garçon courait d'une table à l'autre, brandissant un lourd plateau de victuailles au-dessus de sa tête. Les clients faisaient un beau concert de rires, gargouillis, glougloutements, claques sur leurs cuisses, rots à déboucher une cheminée. En bonne camaraderie et mâle amitié, ils trinquaient, se grattaient, s'accolaient pour partager leurs poux et leur joie enivrée.

Mirella se tint dans l'encadrement de la réserve et observa la salle. Son angoisse grandissait tant qu'elle sentait battre son sang entre ses poings serrés.

Dans la salle, un homme en noir marchait à pas lents. Il était accoutré d'un long mantel sombre, dont les pans lui tombaient jusqu'aux bottes. Son visage enténébré disparaissait sous son capuchon. Il passa entre les tables. Nul ne leva les yeux sur son passage.

Les hommes continuaient à s'égayer et brandir leurs chopines, comme si de rien n'était. Mirella sentit l'effroi lui ceindre la ventraille.

À l'une des tables, un buveur bien ivrogné s'était affalé contre le dossier de son siège. L'œil embrumé, il souriait d'un air béat, tandis que ses amis riaient et buvaient à tire-larigot.

Aucun d'entre eux ne réagit à l'approche de l'homme en noir. Icelui se pencha par-dessus l'épaule du buveur. Mirella, d'où elle était, ne put distinguer son profil. Mais il lui sembla que la silhouette soufflait en l'oreille de l'homme enivré. Quoi fait, le noir quidam repartit comme il était venu, sans être plus dérangé. À sa chaise, le buveur continuait à sourire benoîtement.

Après le départir de l'homme en noir, Mirella retrouva peu à peu son souffle. Elle se renfonça dans la réserve. Elle resta dos au mur, saisie par une anxiété sourde que rien ne pouvait calmer. À la parfin, l'affluence des clients diminua dans la grande salle. Le garçon revint et la libéra.

Au soir, elle grimpa dans la mangeoire. Cela faisait des années qu'elle ne s'était pas sentie tant petiote et effrayée. Il lui semblait être revenue au temps de ses maillots et enfances, quand elle pleurait seule, sur sa paillasse, les soirs de gros orages. Elle serra Pan contre sa poitrine et finit par s'endormir. Sa nuitée fut agitée de visions cauchemardesques.

Au matin, le lourd soleil qui écrasait la ville de ses rayons secoua quelque peu ces alarmes nocturnes. Mais, sans qu'elle s'y apense, la peur et la fascination la poussèrent à retourner jusqu'à l'auberge.

La gargote était encore fermée. Par la fenêtre, à travers le carreau de papier huilé, elle distingua la salle vide et propre. Le garçon d'auberge posait la paille fraîche sur le sol. Lottchen, derrière son comptoir, discutait avec quelqu'un. Mirella plissa les yeux. La silhouette voûtée de l'homme lui était familière. À Hamelin, elle connaissait bien des habitants, ayant maintes fois changé de quartier et porté l'eau à tous, depuis des années. Enfin, à force de fouiller sa remembrance, elle se souvint.

C'était le fossoyeur qui se trouvait céans. Mirella eut envie de fuir à toutes jambées, mais elle resta là, bien maugré elle et comme pétrifiée.

Lottchen appela le garçon. Ensemble, ils disparurent par l'escalier, et redescendirent bientôt en portant un corps raidi, enveloppé dans un drap. Le fossoyeur reçut l'horrible fardeau. Lottchen, la mine fort longue, l'accompagna dehors et tint la porte ouverte. Le fossoyeur déposa le corps sur sa charrette. Un pan du tissu glissa, dévoilant la face du mort. Mirella ne voulait pas voir le corps, mais elle ne trouva pas la force de détourner le regard. Elle reconnut l'ivrogne à qui l'homme en noir avait soufflé dans l'oreille. Son cou et ses joues étaient parsemés de taches.

La voyant, Lottchen s'écria :

– Oiseau de malheur ! Tu nous portes le guignon ! Sauve-toi donc !

Elle prit le fossoyeur à témoin.

– Quand un malheur frappe, elle n'est jamais loin… Je suis sûre que tu nous as joué quelque tour ou sorcerie de ton invention ! Bien te connais-je, malefille ! Je sais comment tu es venue au monde, fillotte du Diable !

Mirella rentra les épaules et s'ensauva en courant, sans entendre le reste de la harangue.

Au cours de la journée, Mirella entendit les habitants murmurer entre eux. Le mort faisait jaser, et plus encore les taches qu'il avait sur le corps. Mirella repensa à l'homme en noir. Était-ce le Diable ? Pourquoi personne ne semblait l'avoir aperçu, d'autre qu'elle ? Tant cette pensée était angoisseuse pour la jeune fille, qu'elle la chassa sur l'heure.

Hamelin était sur le qui-vive. Au soir, la populace se pressa à nouveau devers le beffroi, en appelant au bourgmestre. Icelui rejoignit l'estrade. Il était armuré de pied en cap, aussi son entrée fit-elle grande sensation. Les habitants lui trouvèrent un air conquérant. Il leur sembla que leur seigneur était fin prêt à affronter tous les dangers. Ils ne se doutaient point qu'il suait toute l'eau de son corps sous ces plaques de métal.

– Bonnes gens, dit-il, bien ai-je ouï vos doléances. Parmi vous, moult sont inquiets. *Urbs pestilentia adflicta est.*

Comme nul dans la foule ne réagissait, le bourgmestre traduisit :

– Il se dit que la peste est dans la ville.

Sitôt, le mot déclencha un murmure épeuré. Tout le jour, les habitants l'avaient prononcé tout bas. Voilà que le bourgmestre le clamait haut et fort : cela valait presque confirmation. La peste noire, portée par les rats infectés, tuait des bourgs entiers en quelques semaines. Le bourgmestre fit un geste apaisant.

– Mais je veux vous rassurer. Je veille sur la ville. L'épidémie a été étouffée dans l'œuf. Nous avons arrêté les semeurs de peste avant qu'ils n'aient pu commettre leurs méfaits.

Il fit un signe. Deux sergents d'armes s'avancèrent. Ils conduisaient un groupe d'hommes et de femmes aux visages hagards, pieds et mains enchaînés.

De prime, le bourgmestre fit monter sur l'estrade un vieil homme juif qui n'avait plus de famille et qui avait été surpris, dit-il, alors qu'il attentait d'empoisonner l'eau de ses voisins. Le vieil homme se mit à protester.

– Ce ne sont que calomnies ! Pitié, gracieux bourgmestre ! dit-il en tendant les mains devers lui.

Les gardes lui donnèrent un bon coup de lance sur le crâne. La foule, très à la fureur, l'accabla d'injures.

Puis le bourgmestre fit s'approcher une troupe de cinq Gitans. Deux femmes et trois hommes, bruns de peau et de cheveux, fort misérablement accoutrés, regardaient autour d'eux, les yeux mangés d'angoisse. Un des hommes leva les bras en signe d'imploration, et de sa bouche sortit une longue tirade chantante. Les mots se succédaient, rapides, mais personne ne comprenait cette étrange parladure.

Le bourgmestre expliqua que ces étrangers étaient passés devers les portes de la ville cette après-midi même. Ils faisaient leur apparition à Hamelin juste comme le premier mort tombait : sans doute, ce n'était pas là une coïncidence. Les habitants opinèrent du chef.

– Tout le monde sait que les Gitans ne sont que truandaille et sorceriers. Certainement, ils auront jeté un sort à notre bonne ville, dit le bourgmestre.

– À mort les étrangers ! Qu'on les pende bien haut ! hurla la foule.

Le bourgmestre fit venir le bourreau, qui dressa le gibet.

La populace était fort réjouie. Leur liesse était d'autant plus grande qu'elle s'accompagnait du soulagement d'échapper à la terrible épidémie.

Et puis le soleil se couchait : on tient que les pendaisons aux flambeaux sont les plus belles.

Le bourreau fit monter les coupables un à un sur l'estrade. Le prêtre les bénit avant leur dernier soupir. Avec moult sollicitude, il les accompagnait jusqu'à la corde, pleurant abondamment, de la grande pitié qu'il éprouvait pour ces pécheurs qui finiraient en enfer.

Mais il fallut presser un peu l'ouvrage, le premier condamné menaçant d'être lapidé par la hurleuse populace si l'on ne se dépêchait pas de le pendre. La fureur des habitants enfla quand, enfin, on lui passa la corde autour du cou.

Mirella, en retrait près de la grange, reconnut Lottchen qui levait le poing, le visage déformé par la rage. Les porteurs d'eau eux aussi s'étaient laissé emporter par le flot des huchements et le mouvement collectif. Ils hurlaient à oreille étourdir.

Les pères et mères les plus tendres avaient amené avec eux leurs enfants. C'étaient de ces parents gâteux qui gavent leurs petiots de sucreries, et ne les privent jamais d'une récréation. Ils n'avaient point voulu frustrer leur progéniture de ce beau spectacle. Et puis, la première pendaison à laquelle assiste un enfant est une belle leçon de morale. Les parents montraient le gibet aux petits en leur rappelant qu'ils finiraient là, eux aussi, s'ils faisaient des noises pendant la messe, ou laissaient les chèvres s'échapper quand ils les menaient paître.

Les bambins chougnaient, effrayés par le grondement de la foule. Beaucoup s'ensauvèrent pour échapper aux coups de genoux, étant sans cesse bousculés par la multitude des adultes. Un papa mit son cadet sur ses épaules, pour qu'il puisse mieux profiter du spectacle. L'enfant éclata en sanglots, et tout le monde rit de la naïveté de ce petiot. Il s'agita pour descendre de ce promontoire. Les mains de la foule le maintinrent sur son perchoir, l'obligeant à regarder.

Mirella était contente que Pan, fiévreux, soit resté alité. Méfiante, elle se tenait à l'écart de la furie collective. Elle avait si souvent fait ce mauvais rêve, dans lequel les habitants d'Hamelin la brûlaient sur le bûcher !

Dès qu'on hissa le premier condamné et que son corps se mit à convulser, elle retourna dans la grange. Elle ferma la porte pour ne point entendre le craquement sec de la nuque qui se disloquait, suivi des hurlements de joie de la foule.

Enfin, le tapage se calma. Hamelin, rassurée, s'endormit paisiblement. Au matin pourtant, des criements jaillirent de derrière les auvents fermés. Le garçon d'auberge et quatre autres habitants avaient été trouvés morts dans leur lit. Tous avaient des taches noires sur le corps.

Chapitre VII
La peste en ville s'installa

Le médecin, l'apothicaire et le chirurgien-barbier examinèrent les corps. À tierce, les cloches du beffroi retentirent. Le drapeau noir fut hissé en haut de la tour pour annoncer que la peste était dans la ville.

Une fois de plus, les habitants se retrouvèrent sur la grand-place. En ces temps troublés, ils se tournaient vers leur bourgmestre, certains qu'icelui tirerait de sa cervelle une merveilleuse invention pour les sauver.

Le bourgmestre était un homme sage. Dès que tomba l'avis des hommes de médecine, il rentra, fermant l'huis derrière lui. Tant que la ville serait infestée, il ne mettrait plus le nez dehors. Il avait des provendes assez pour tenir le temps que durerait le siège. Par surcroît de précautions, il fit placer des soldats devant sa porte, comme si ces derniers pouvaient repousser la propagation de la maladie à coups de hallebardes.

C'est donc un crieur qui sortit à sa place. Il grimpa sur l'estrade, déplia un rouleau de parchemin, et lut :

– Mes chers compatriotes, une heure bien noire descend sur notre ville. Mais ne croyez pas que je vous abandonne. Pour prévenir la propagation du Mal pestilentiel, j'ai pensé à l'organisation que voici. Hamelin est quadrillée en quartiers. Des messagers, chaque matin, frapperont à toutes les portes. Tous ceux logeant sous ce toit devront se présenter à eux, au complet. Si un quidam ne vient pas à la porte, c'est donc qu'il est couché. S'il est couché, c'est qu'il est malade. Et s'il est malade, c'est qu'il est dangereux. Dans ce cas, le messager apposera, à la craie, une croix sur sa porte. Il sera interdit d'entrer dans toute demeure ainsi marquée.

Un murmure approbateur monta de la foule, rassurée par cette ordonnance si bien pensée. Le crieur reprit :

– Les messagers chargés d'apposer les croix seront les porteurs d'eau et chasseurs de rats de la ville.

Mirella leva les yeux au ciel. Le crieur enroula son parchemin. Les porteurs durent monter sur l'estrade et recevoir un brassard noir, insigne de leurs nouvelles fonctions. Chacun rentra chez soi.

Dès le lendemain, les porteurs se mirent à l'ouvrage. Mirella arpenta son quartier et celui de Pan. Les rues étaient désertes. Les étals étaient enlevés, les contrevents clos, les portes barricadées, les bonnes gens derrière leurs murs. L'atmosphère était bien plus lourde que lors de la matinée des lépreux. Mirella toqua aux portes les unes après les autres. On se pressait de lui ouvrir, de peur qu'elle ne marque la fatidique croix sur le battant. Parfois on en profitait pour lui demander un peu d'eau.

Puis Mirella frappa à une porte, et personne n'ouvrit. Elle s'entêta, martela encore et encore le panneau de bois, attendit. Au bout de longues minutes, elle sortit sa craie et traça une croix. Son cœur battait en dessinant une ligne, puis l'autre. Sans s'en rendre compte, elle avait retenu sa respiration, comme pour ne pas humer l'air contaminé de cette maison. Elle chantonna dans sa tête, pour ne point penser à ce qui se trouvait de l'autre côté de la porte.

Ce jour-là, Mirella dessina plusieurs croix. Le lendemain, l'affreuse besogne recommença.

*
* *

Le jour du Seigneur, les habitants quittèrent leur logis pour se rendre à la messe. L'église était pleine. Les nobles, devers l'autel, devaient se serrer, bousculés qu'ils étaient par les bourgeois et les artisans, qui eux-mêmes subissaient la poussée de la menuaille qui s'engorgeait entre chaque pilier.

Maugré la proximité, personne ne craignait la contagion : les habitants des maisons marquées n'avaient pas le droit d'aller à l'église et, surtout, chacun savait que le Mal ne pouvait entrer dans la maison de Dieu.

Sans tout à fait remettre en cause la puissance divine, Mirella se tenait pourtant à bonne distance des habitants. Pour ce faire, elle s'était réfugiée dans un confessionnal, dont elle avait laissé la porte entrebâillée. Elle tenait Pan sur ses genoux.

Comme à son habitude, le prêtre émerveilla ses ouailles par son éloquence. La tragédie qui s'abattait sur la ville lui inspirait de fort belles paroles. Il condamna les vilains qui mouraient les uns après les autres. Les effluves méphitiques faisaient des ravages dans les quartiers pauvres et mal entretenus de la ville, alors que les riches demeures étaient épargnées. Dieu condamnait les gueux pour leur mode de vie décadent. Le prêtre invita la populace à prendre exemple sur les habitants les plus pécunieux, qui du haut de leur tour n'avaient point été touchés par le Mal.

– Tout malheur est voulu par Dieu, continua le prêtre. Vous devez donc supporter votre peine avec patience. Et pour ce faire, ramentez-vous le martyre de nos saints.

Et le prêtre de raconter les vies et exploits de saint Hilarion ou sainte Rictrude, qui fatiguaient leurs bourreaux, pouvant passer des heures à endurer les coups de pique en gardant le sourire, soupirant d'aise lorsqu'on les rôtissait sur le grill, changeant eux-mêmes de côté afin que leur chair soit partout dorée et craquante.

– Voyez saint Raymond Nonnat, dit le prêtre. Ses geôliers lui percèrent d'un trou la lèvre du haut, puis celle du bas. Ils lui scellèrent ainsi la bouche avec un cadenas. Quand on daignait lui bailler à manger, on passait une clé dans le verrou.

Les habitants écoutaient avec fascination.

– Et saint Onuphre ! On lui arracha les yeux. Nullement indisposé par cette navrure, il disputa une partie de cartes avec ses bourreaux et la gagna.

« Saint Outrille, lui, fut jeté dans la fosse aux lions. Un fauve l'avala tout cru. Dès le lendemain, on vit la sauvage bête marcher sur ses pattes arrière, se convertir et prier.

« Sainte Clodoswinthe chantait des cantiques. Les païens lui cousirent la bouche. Sa voix continua à se faire entendre : elle lui sortait par les oreilles.

« Je ne vous donnerai qu'un dernier exemple, celui de saint Barthélemy*. Lors de son martyre, on lui arracha toute la peau, laissant les muscles à vif. Il ramassa son cuir, le tanna, le découpa et en fit un beau livre relié, sur lequel il écrivit l'histoire de sa vie. En ces temps troublés, conclut le prêtre, pensez que vos malheurs ne sont rien en regard du martyre de nos saints et saintes, et eux l'endurèrent fort paisiblement. »

Les paroissiens rentrèrent chez eux, tout pénétrés de la grandeur divine et repentants de leurs péchés. Dans les jours qui suivirent, Hamelin pria avec contrition.

Et pourtant le Mal continuait à se propager. Bientôt, Mirella comprit qu'elle préférait encore s'épuiser à porter de l'eau, ou même chasser les rats, que de noter des croix sur les portes.

Dans le silence de la ville déserte, tous les bruits étaient amplifiés. Elle entendait le fouinement des

* Saint patron des bouchers et des écrivains.

rats, le son mat de sa plante de pieds contre le pavé. Et quelqu'un qui la suivait à distance. Il était apparu dès le deuxième jour. Mirella avait perçu son pas et le crissement des roues de sa charrette à bras. La première fois qu'elle avait inscrit une croix, à peine la craie relevée, un cri avait percé la quiétude :

– Sortez vos morts !

Le fossoyeur d'Hamelin passait juste derrière elle. Il criait aux morts à chaque nouvelle croix : les trois mots retentissaient comme une affreuse ponctuation au geste de Mirella.

Un matin, elle toqua à une porte. Elle attendit, craie en main et cœur battant. Elle appuyait déjà le bout de la craie contre le bois, quand la porte enfin s'entrouvrit. Derrière, deux enfants se tenaient par la main. Elles devaient avoir sept ou huit ans. Mêmes cheveux tombant piteusement, mêmes grands yeux abêtis par la douleur. Elles étaient jumelles. Mirella demanda d'une voix nouée :

– Où sont vos parents ?

Les enfants ne répondirent guère. La main tremblante, Mirella dessina une croix sur leur porte. Le cri « Sortez vos morts ! » retentit. Elle sursauta. C'en était trop. Elle partit à grandes enjambées. Dès que la voix du fossoyeur se faisait proche, elle fuyait. Elle ne voulait pas lui parler. Elle ne voulait pas voir sa charrette et son contenu.

Mirella courut si prestement que ses poumons s'enflammèrent. Elle dut s'arrêter pour reprendre son souffle. Et alors, le regard agrandi des deux garcelettes ne voulut plus la quitter. Elle secoua la tête, se frotta les yeux, s'aspergea d'eau. Rien n'y fit.

Elle revint sur ses pas.

Devant la maison qu'elle venait de marquer, le fossoyeur s'apprêtait déjà à repartir. Sa charrette était recouverte d'une toile grossière. À la bosse que formait le drapel, on devinait qu'elle était pleine. Les petites étaient toujours sur le seuil, dans la même position, comme changées en statues.

Le fossoyeur salua Mirella avec bonhomie, d'un petit geste complice.

Mirella s'étonna de lui trouver une mine si avenante. Doux était son sourire derrière sa barbe grise. Il repartit, criant une fois de plus :

– Sortez vos morts !

Oyant ces trois mots, qui tant fort résonnaient dans le silence, Mirella et les enfants se crispèrent.

Il vint à l'entendement de Mirella que c'était ce cri, bien plus que la charrette, qui lui vrillait les nerfs. Alors, elle fonça tête baissée à l'encontre du dégoût qui lui soulevait les entrailles. Elle courut après le fossoyeur. Icelui s'arrêta, étonné.

Mirella ne savait guère ce qu'elle allait lui dire. Elle ouvrit la bouche. Une évidence la frappa.

– Vous avez besoin d'un nouveau cri, dit-elle.

Le fossoyeur l'envisagea sans comprendre.

Mirella ferma les yeux. Elle écouta le silence qui baignait Hamelin. La quiétude avait cette consistance particulière des veillées funéraires, ce calme contraint, lourd d'émotions et de non-dits. Elle chercha comment voguer sur cette vague. Il fallait suivre ce remous, mais changer le sens du courant. Elle sourit. Elle avait trouvé.

Elle se mit à chanter.

La baguenaude du fossoyeur

Pour chacun vient un jour
Son tour

D'aller au cimetière
Sous terre.

Ce triste sire est mort
Sans torts.

Quel doux sort si tu pars
Si tard.

L'air était bondissant et guilleret comme une comptine à sauter les marelles. Dans cette ville où les morts tombaient comme des mouches, où la peur avait fermé les auvents et paralysé les habitants, la chanson de Mirella souleva une petite bise follette et libératrice. Le fossoyeur partit d'un grand rigolement. Les enfants sortirent de leur torpeur, se mirent à rire elles aussi, tant que les larmes leur venaient aux yeux, en longs flots impossibles à tarir. Mirella cessa de chanter et regarda avec soulagement les petites qui fondaient. Voilà un torrent qu'on pouvait endiguer, et qui mieux valait que le fossé asséché où elles étaient enfoncées tout à l'heure.

Le fossoyeur apprit le chant et s'éloigna d'un pas presque fringant, en fredonnant ce nouvel air. Et où qu'il cheminât, son chant chassait le chagrin.

Mirella entra dans la maison.

– Vos parents ont-ils expiré dans leur lit ? demanda-t-elle.

Les enfants opinèrent du chef.

– Vous dormiez avec eux ?

Hochement de tête négatif. Les petites montrèrent une pièce adjacente. Mirella avait pénétré dans une belle échoppe de verrerie avec pignon sur rue. L'artisan était assez fortuné pour avoir deux chambres à coucher.

Mirella poussa un lourd coffre devers la chambre des parents.

– N'entrez plus dedans.

Elle ouvrit la porte de la chambre des enfants. Des rats s'enfuirent en couinant.

Mirella fit le tour de la maison, trouva l'office où l'on rangeait la nourriture. La pièce était isolée par un sol surélevé et une porte épaisse. Les rats n'avaient point encore pénétré jusque-là. Les provendes étaient intactes. Mirella attrapa la literie des enfants, retourna les couvertures pour s'assurer qu'aucune bestiole n'y était tapie. Elle descendit le tout dans l'office. Puis elle remplit deux jarres d'eau. Toute cette activité secouait la maison, réveillait un peu plus les enfants.

– Enfermez-vous là, dit-elle une fois ces préparatifs achevés. Vous avez de l'eau et de la nourriture.

Elle leur mit la main l'une dans l'autre.

– Vous avez la chance d'être deux. Confortez-vous mutuellement. Chaque matin, quand je toque, venez m'ouvrir. Mais gardez-vous de sortir. Il y a grand péril à courir les rues à cette heure. Attendez que la cloche du beffroi sonne la fin de l'épidémie. Le Mal va sans doute bientôt quitter la ville.

Et Mirella leur sourit, afin que les petites ne devinent pas à quel point elle doutait de cette dernière affirmation.

Chapitre VIII
Un étranger arriva

Le médecin et l'apothicaire, pour avoir suivi une belle et longue instruction, savaient bien les symptômes, dangers et complications de la peste noire. Ils avaient lu tous les traités. Hippocrate, Galien et Érasistrate s'accordaient sur un remède salutaire, exprimé en trois recommandations: «Pars vitement, pars lointainement et reviens tardivement.» Étant fort respectueux de leurs maîtres, ces deux hommes de science plièrent bagages dès les premiers signes de l'épidémie, et quittèrent Hamelin.

Le chirurgien-barbier, lui, resta, se frotta les mains et ouvrit grand la porte de son échoppe. Depuis des années, il était renommé dans Hamelin pour la qualité de ses amputations. Maintenant que chez lui affluaient les pesteux, il avait eu idée d'un grand projet. Il allait mener de nombreuses expériences et prouver qu'on peut guérir la peste en coupant certaines parties du corps.

Son apprenti, qui savait à peine tenir une plume, avait pour consigne de coucher sur papier tous leurs résultats. Plus tard, le chirurgien-barbier ferait publier un traité qui rendrait son nom célèbre dans tout l'empire.

Chaque pesteux qui passait sa porte était l'occasion de tester un nouveau remède. D'aucuns patients étaient pris d'intolérables langueurs, symptômées d'un flux de ventre, d'un dérèglement des boyaux et d'une lourdeur de la langue. Pour évacuer les humeurs bilieuses qui se répandaient dans les membres et apportaient grande lassitude au malade, le chirurgien avait tenté, sans résultats concluants, de leur couper les orteils.

Moult patients étaient atteints de bubons, qui se regroupaient par dizaines dans le cou, l'aisselle, ou à l'aine. Ils mûrissaient comme un champignon en se gonflant de pus. Ils explosaient, répandaient une humeur peccante et corrompue, puis se nécrosaient, laissant une tache noire. Là était sans nul doute le foyer du mal, le siège de la maladie, d'où partait ce feu qui dévorait ensuite les organes et soulevait le corps en un universel tremblement. Le chirurgien avait tenté d'élaguer ces parties noircies, s'étonnant que le pesteux, diminué, certes, et coupé de partout, mais bien débarrassé des parcelles contaminées, meure tout de même sur la table d'opération.

Et le chirurgien pestait après ces malades, qui refusaient de faire le moindre effort pour l'aider à avancer sur le chemin de la gloire.

Pourtant il ne se décourageait point. Bien au contraire : chaque patient décédé apportait un nouvel enseignement. C'était donc une page de plus à ajouter à son livre, qu'il voulait bien épais, complet et joliment orné de lettrines.

Quant aux pesteux, ils continuaient à se presser à sa porte, préférant mourir chez le soigneur plutôt que dans leur lit : au moins, ils avaient dépensé leurs pécunes.

À se donner corps et âme à ses recherches, le chirurgien courait grande aventure d'être lui-même contaminé. Pour prévenir ce danger, il avait fixé sur sa scie un long manche d'une demi-toise, qui lui permettait de découper le pesteux à bonne distance. Et il n'oubliait jamais, en même temps qu'il tranchait, de réciter un Pater.

Les croix se multipliaient sous la craie de Mirella. Cette fois, elles apparaissaient aussi à l'huis des riches demeures.

Le prêtre n'avait pas dit son dernier mot. Il invita les habitants qui n'étaient point encore malades à participer à un châtiment collectif, pour exprimer leur repentance. Les paroissiens défilèrent du beffroi jusqu'au parvis de l'église. En chemin, ils chantaient des cantiques et se flagellaient en rythme. Ils devaient se fouetter trente-trois fois, soit autant de coups que d'années de vie pour le Christ. Ils y allèrent vaillamment, certains que le cuir des lanières les purifiait et que Dieu, devant tant d'humilité, les prendrait en pitié. Aussi finirent-ils le corps lacéré de traits sanglants, la peau crevée et grande ouverte à toutes sortes d'infections.

Il devait être écrit que le chirurgien n'obtiendrait pas les honneurs dont il rêvait. À son tour, il contracta la peste noire. Le Mal se propagea sans frein, tant qu'il n'eut bientôt plus la force de s'amputer lui-même, comme il l'escomptait de prime abord. Il expira en suppliant son apprenti de terminer pour lui son traité. Icelui mourut quelques jours plus tard, la plume encore à la main.

Cette disparition ouvrit une place aux profiteurs de peste. D'aucuns se mirent à médeciner à tout va. L'étuveur proposa des bains de plantes guérisseurs. Le marchand de feu offrait de désinfecter les maisons en y faisant brûler de la sauge, du romarin et du camphre. L'accoucheuse vendit à prix fort un vinaigre composé à partir d'une recette secrète. Il fallait en imprégner une éponge qu'on plaçait devant le bas de son visage, en la suspendant à un fil en haut de son chaperon. Ainsi, on était sûr que les miasmes buboniques n'entraient point dans le nez ou la gorge. Des amulettes protectrices, des élixirs et tout un antidotoire miracle circulaient sous le manteau.

Un rebouteux fit partout savoir qu'il avait trouvé une méthode infaillible et toute nouvelle pour repousser les germes du mal. On se pressa chez lui et, moyennant moult florins, on écouta son secret. Le quidam leur enseigna une manière spéciale d'expectorer, qui permettait de recracher les miasmes. Les habitants, admiratifs, s'entraînèrent sous sa houlette. Pendant près d'une heure, ils se crachèrent dessus, se mouchèrent, se toussèrent joyeusement dans la face, jusqu'à maîtriser parfaitement l'art de l'éructation. Mais peu après, le rebouteux ferma boutique : il faut croire que sa méthode n'était point concluante.

* * *

Hamelin sombrait. Les morts se succédaient. Le bourgmestre ne se manifestait plus. On ne savait que faire devant ce siège invisible qui cloîtrait les habitants chez eux.

C'est alors qu'un étranger passa la grand-porte.

La ville affichait pourtant un drapeau en berne. Les voyageurs faisaient tous un large détour pour éviter la ville. D'où l'étonnement des gardes quand ce jeune inconnu se présenta à la barbacane, et demanda à traverser l'enceinte pour entrer dans le bourg.

Il avait une mine fort avenable. Ses cheveux blonds jaillissaient en mèches désordonnées, sous une drôle de calotte rouge ornée d'une plume. Ses yeux noirs et vifs lui donnaient un air finaud.

Mirella se trouvait sur la grand-place. Elle tambourinait à l'huis du bourgmestre depuis un temps. La porte restait close. Elle réclamait sa pitance : l'échevin chargé de leur avitaillement s'était enfermé chez lui, et ne prenait plus la peine de sortir pour leur bailler leur repue. Les autres porteurs fouillaient parfois une maison abandonnée, mais ne partageaient pas ce qu'ils glanaient. Pan n'avait rien avalé depuis deux jours.

L'étranger traversa l'Hauptstraße en regardant attentivement à l'entour. Cette ville était bâtie comme toutes celles qu'il avait visitées, et elles étaient nombreuses. Il parvint jusqu'au beffroi. Il monta sur l'estrade, sortit un tambourin et une flûte. En maniant de la main droite l'un de ces instruments, et l'autre de la main gauche, il mena grand tapage et tabustage.

L'étranger s'arrêta. Ses efforts étaient vains. Les façades des maisons restaient impassibles. Nul ne donnait signe de vie. Seule une jouvencelle, qu'il n'avait point aperçue de prime abord tant elle se faisait discrète, s'était arrêtée pour le regarder. Elle portait des haillons, et une expression méfiante sur le visage. Elle avait les épaules un peu rentrées, les cuisses légèrement fléchies, comme si elle était prête à détaler à la première alerte. Elle lui fit penser à un animal épeuré.

Sans point se déconforter de cet accueil, l'étranger reprit ses huchements.

– Oyez, oyez ! Habitants d'Hamelin ! Je peux vous aider !

À force de noiser, il éveilla l'intérêt de quelques voisins à l'entour. Ils passèrent un nez curieux à leur fenestrou pour envisager cette face qui leur était déconnue, mais le rentrèrent bien vite, sans mot piper.

À la parfin, un heaume apparut à la plus haute fenêtre d'une riche demeure. C'était le bourgmestre, l'œil terne et la lèvre affaissée.

Ce que voyant, l'étranger déclara :

– Sire, vous êtes le seigneur de cette ville, bien le vois-je à votre belle mine.

Le bourgmestre, flatté, se pencha un peu plus avant.

– Et vous êtes certainement un grand savant, ajouta le jeune homme. Car vous avez vêtu cette armure pour vous garder des morsures. C'est par les rats que le Mal se propage dans votre belle cité. Or, moi, qui suis céans votre serviteur, si vous le permettez, je peux purger Hamelin de cette male infection.

À cela, le bourgmestre n'eut qu'une question, qui tenait en un mot :

– Combien ?

Mirella s'approcha.

– Cent mille florins, ni plus, ni moins, répondit l'étranger.

Mirella laissa échapper une exclamation. Le bourgmestre faillit basculer par-dessus la croisée. Il se rattrapa au rebord et claqua la verrière avec humeur. Mirella regretta de ne l'avoir pas alpagué à temps pour réclamer de la nourriture. Elle devrait se débrouiller seule et voler elle aussi.

Elle se tourna vers l'étranger qui, pour avoir réclamé une tant grande somme, devait sans nul doute avoir perdu la raison.

Comme s'il avait lu en son pensement, l'étranger lui dit :

– En tout point il faut savoir attendre, ma damoiselle. Vous l'allez bientôt voir.

Il s'assit résolument sur le rebord de l'estrade, comme prêt à longtemps patienter. Mirella rougit d'avoir été appelée « damoiselle ». Le mot lui cuisait les joues. Il jurait si fort avec son apparence misérable que l'étranger l'avait sans le moindre doute employé pour se moquer d'elle. Elle se rencoigna dans l'ombre d'une façade. Mais la curiosité l'empêcha de quitter tout à fait les lieux.

Le temps passa. L'étranger attendait, et Mirella le regardait. De prime, il récura l'intérieur de sa flûte avec un chiffon. Mirella espéra qu'il jouerait un air pour passer le temps. Dans la ville morte et silencieuse, un peu de musique les aurait égayés et rebiscoulés. Mais après avoir pris soin de son instrument, l'étranger le rangea dans son barda.

Pourtant elle ne regretta pas d'être restée à l'observer, car alors l'étranger fit un acte incrédible. Il sortit un livre. Et là, assis en pleine rue, il se mit tranquillement à le feuilleter. Mirella en demeura béante. À Hamelin, seuls le bourgmestre, quelques échevins et le prêtre possédaient des livres. Le bourgmestre en avait pas moins de huit, ce qui disait l'ampleur de sa fortune. Ces livres étaient rangés dans un coffre, enveloppés dans du cuir pour les protéger de la poussière et de l'humidité. Jamais, au grand jamais, il ne les aurait déballés en pleine rue. La vue de l'étranger, dehors, son livre sur les genoux, semblait une fantasmagorie. C'était comme s'il lui avait pris l'envie d'étaler ses diamants sur le pavé boueux pour mieux les compter.

Ce fut peut-être cela qui décida le bourgmestre car, à la parfin, il rouvrit la croisée. Par la verrière, il brandit un petit coffret. L'étranger leva un front intéressé. Il referma son livre, le rangea et s'approcha.

– Ce coffre contient quarante mille florins, dit le bourgmestre. Cette somme est à vous si vous parvenez à purifier ma ville.

– Nous avons un marché, déclara l'étranger.

Le bourgmestre rentra son coffret et s'empressa de refermer la croisée.

Mirella avait attentivement suivi leur échange. L'étranger se frotta les mains. Il se tourna vers elle.

– Ma damoiselle, dit-il, pourriez-vous m'indiquer où loger pour la nuitée ?

Mirella encaissa ce second « ma damoiselle ». Elle lui fit signe de le suivre.

L'étranger considéra l'auberge. Il entra dans la salle déserte. Lottchen parut, la face chagrine et méfiante. L'étranger posa une pièce d'or sur le comptoir. Toute défiance s'envola du visage de l'alberguière. Voilà des semaines qu'elle n'avait plus de clients. Cet étranger était providentiel.

– Soyez bien venu, étranger, dit-elle. Dieu vous tienne en liesse, en graisse et en santé. Je m'en vas de suite préparer votre chambre. Prenez donc place en attendant. Je vous porterai une bonne cervoise et quelque morcel à gloutir, pour vous remettre de votre long voyage.

Gastun jeta un œil circulaire et critique sur la grande salle, et demanda :

– Combien me coûteront le gîte et la pitance ?

Lottchen évalua son hôte de la tête aux pieds.

Elle additionna sa décente vêture, sa giberne, sa bourse sonnante, l'assurance qui paraissait sur son visage. Elle n'oublia pas de soustraire son jeune âge, son statut d'étranger, son absence de protecteurs haut placés. Une fois achevées ces savantes calculations, elle annonça :

– Dix florins par nuitée.

L'étranger grimaça.

– Je vous en donnerai deux, dit-il.

Lottchen eut l'air d'avoir avalé de travers. Puis tout soudain, ils quittèrent leurs fausses mines et s'envisagèrent en franche guise.

– Quelle autre clientèle espérez-vous dans une ville marquée du drapeau noir ? demanda Gastun. Je suis votre seul débiteur pour la semaine. Vous ne pouvez pas faire la regardante.

Lottchen croisa les bras sur son ample poitrine.

– Et vous donc, qu'avez-vous à faire dans notre ville en berne ? Vous venez ici avec une idée en tête, pour sûr. Vous cherchez à vous loger. Mon auberge est désemplie et donc parfaitement saine. Je suis en santé. Où d'autre trouverez-vous logis si sûr et décontaminé ?

Les cartes étaient sur la table.

– Six florins, dit Lottchen.

– Cinq.

– Et choque, et toque, dit Lottchen en tendant sa paume.

Ils se serrèrent la main.

– Les bons comptes font les bons amis, déclara Gastun en gardant dans sa paume la main de Lottchen un peu plus longtemps que nécessaire.

Il accompagna cette phrase d'une œillade en direction de l'avenante poitrine de la jeune femme. C'était là langage qui bien plaisait à l'alberguière.

– Nous ferons bon ménage, dit-elle en riant. Et maintenant, prenez donc place, que je vous quière enfin à boire.

L'étranger regarda à l'entour. Toutes les tables étaient inoccupées. Il n'était guère réjouissant de boire seul dans cette grande pièce vide. À l'ombre portée au sol dans l'encadrement de la porte, il devina que la petite mendiante était restée devers l'auberge à les observer.

– Ma damoiselle, cria-t-il, accompagnez-moi donc ! Entrez prendre un verre en ma compagnie.

Dehors, Mirella ouït ces mots, mais point ne les comprit. Jamais elle n'aurait cru que quiconque l'invite à boire. L'étranger dut venir jusqu'à l'entrance et répéter sa proposition. Mirella écarquilla les yeux. Le sang afflua sous sa peau, tant qu'un voile rouge se déposa sur son front et coula jusqu'à ses épaules.

Le menton bas, prête à battre en retraite, la porteuse jeta un œil vers Lottchen. L'alberguière eut un mouvement d'emportement, comme pour chasser une mouche, puis elle se ravisa. Après leurs pourparlers, elle n'allait pas tout gâcher en vexant son unique client. L'œil dur, la main crispée, elle sortit une seconde chope.

Mirella hésita. Elle était habituée à se tenir en retrait, ne jamais se faire remarquer. Son premier mouvement fut de poliment refuser, pour ne pas narguer Lottchen, et éviter de déclencher le courroux de l'alberguière. Mais elle avait le ventre vide. Et dans cette ville fermée depuis des semaines, les règles habituelles n'avaient plus cours. Enfin, l'étranger, avec sa flûte et son livre, fortement l'intriguait. Elle franchit la porte.

Elle s'assit en face de l'étranger. Elle se tortilla sur la chaise, éprouvant la nouveauté de cette posture. Dans la grange, elle était toujours à même le sol. Enfant, à l'hospice, elle se tassait sur un banc avec les autres marmots. Ainsi assise dans l'auberge, elle avait l'impression d'avoir chaussé un nouveau costume. Lottchen posa deux chopes sur la table.

L'étranger leva son verre pour porter une tostée. Mirella, le bras raidi, prit le sien et le tendit devers elle. Elle était prête à imiter les moindres gestes de l'étranger, tant elle ignorait ce qu'elle devait faire.

– À la peste, dit l'étranger avec un clin d'œil.

Devant tant d'insolence, Mirella resta coite. Il but. La porteuse le regarda faire. Elle se décida à boire à son tour et porta la chope à sa bouche. Elle fut surprise de la sensation du bord en verre, froid et lisse, contre ses lèvres. Depuis l'enfance, elle s'abreuvait d'eau, avec une écuelle en bois ou ses mains jointes.

Une gorgée du liquide ambré glissa sur sa langue. Mille petites bulles rebondirent contre son palais. C'était une émerveillable sensation. Elle éclata de rire.

L'étranger observait son invitée. D'ordinaire, il n'accordait pas d'attention aux gueuses, mais icelle dégageait quelque chose d'étonnant. Il avait beaucoup voyagé et savait identifier les hommes d'un coup d'œil. Cette drôlesse l'intéressait. Derrière son allure épeurée, elle cachait un secret, il en était certain. Pour l'heure, elle se tenait en alerte. Un geste brusque, et aussitôt elle aurait fui en sautant par le fenestrou.

– Je m'appelle Gastun, dit-il.

Un temps.

– Mirella, répondit finalement la jouvencelle.

– Enchanté, Mirella, dit Gastun en inclinant la tête avec déférence.

Cette fois, Mirella se demanda si toutes ces marques de politesse à son encontre étaient vraiment des moqueries.

Gastun prit une longue goulée de cervoise. Il reposa sa chope en poussant le soupir de satisfaction de ceux qui ont marché tout le jour, et peuvent enfin s'asseoir et boire un verre. Il détacha sa giberne, la posa sur la table. Il roula une épaule, puis l'autre, pour les détendre.

Mirella mira avec intérêt la besace. Le sac était ouvert, révélant une partie de son contenu.

C'était un étrange fatras, que l'étranger transbahutait. Entre les linges, Mirella aperçut une corne de cerf et des petites fioles. Le bec de la flûte dépassait. Mirella ne put s'empêcher de l'effleurer du bout des doigts. Le bois était lisse et usé.

– Êtes-vous musicien ? demanda-t-elle.

Gastun enfonça prestement la flûte au fond du sac. Mais la jouvencelle eut l'air si déçu qu'il se radoucit. Il sortit la flûte et, sans en jouer, montra à la jeune fille chaque trou, les notes auxquelles ils correspondaient, et comment placer ses doigts. Elle buvait ses paroles de l'œil et de l'ouïe, penchée au-dessus de la table. Gastun la trouvait décidément bien gente et joliette, derrière ses haillons. Il lui plaisait qu'elle pose sur lui de grands yeux admiratifs. Aussi, en rangeant la flûte, en profita-t-il pour sortir son livre.

La réaction de Mirella ne se fit point attendre. Comme elle avait fait pour la flûte, elle passa très légèrement les doigts sur le cuir de la couverture, osant à peine attoucher l'objet.

– C'est un livre de magie, dit fièrement Gastun.

Vitement, Mirella éloigna la main. Elle regarda autour d'elle, mais Lottchen était en cuisine, et ne les avait point entendus.

– Que craignez-vous ? dit Gastun avec un petit souris sûr de lui. Nous sommes seuls. Tout le monde est terré chez soi, et ne s'inquiète que de survivre.

– Vous allez vraiment nous sauver ? demanda Mirella, fascinée par l'assurance du jeune homme. Débarrasser la ville des rats ?

– Oïl ! Bien entendu, dit Gastun. La somme en vaut la peine.

– Dieu soit loué ! Quand ? Dès demain ?

– Fi donc ! Certainement pas.

Mirella eut un petit geste de recul. Gastun adoucit sa voix, comme il l'aurait fait avec un animal craintif qu'il voudrait apprivoiser.

– Si je purge la ville sur l'heure, ma besogne semblera trop aisée, et jamais le bourgmestre ne voudra payer. Je vais donc attendre.

– Attendre quoi ?

– Que la situation empire, bien sûr.

Mirella frissonna. Il lui était avis qu'il ne faudrait pas trop languir.

De retour à la grange, elle trouva Pan bien mieux allant. L'enfant pouvait se lever et faire quelques pas boitillants. Mirella lui donna un pain, glané à l'auberge. Elle raconta à Pan l'arrivée de l'étranger. Ils s'endormirent le ventre plein et une pointe d'espoir au cœur.

*
* *

Mirella se réveilla en pleine nuitée. La grange était calme, et pourtant ses boyaux trémulaient sous l'aiguillade de la peur, l'alertant d'un danger. Il arrivait souvent à la jeune fille de s'éveiller ainsi en sursaut, craignant qu'un maraudeur n'ait forcé l'huis, ou qu'un des porteurs ne s'approche de sa couche. L'effroi qui la ceignait ce soir était bien plus violent. Il faisait appel à la part la plus primale de son être, qui commandait sa survie.

Pan dormait. Très menuement, Mirella se souleva sur un coude au-dessus de la mangeoire.

Et elle le vit.

L'homme en noir. L'affreux quidam qu'elle avait aperçu dans l'auberge se trouvait debout au milieu de la grange. La porte était fermée. Comment était-il entré ? L'homme fit quelques pas dans sa direction. Mirella se renfonça dans la mangeoire. Elle serra Pan contre elle et ferma les yeux, terrifiée par cette créature démoniaque. Elle n'osait plus se mouvoir. Elle retint sa respiration, espérant disparaître. Elle entendit des bruits de pas, calmes, mesurés, qui approchaient. Il lui sembla que son sang se changeait en eau, laissant ses muscles amollis et vidés. Elle crut sentir un pan du manteau noir qui la frôlait. Une suée à l'odeur âcre perla le long de sa nuque. Les bruits de pas s'éloignèrent de sa couche. Puis elle n'entendit plus rien. Elle resta coite et merveilleusement immobile.

Enfin, un pâle jour se glissa entre les lattes disjointes des murs. Mirella osa se lever. Sur la pointe des pieds, elle approcha des porteurs, qui dormaient chacun dans leur coin de paille. Elle vérifia que leur poitrine se soulevait. Puis elle aperçut un des compains, qui avait pour nom Deodat. Son visage cireux avait l'immobilité de la mort. Elle sortit chercher le fossoyeur avant que Pan ne se réveille.

Chapitre IX
La jeune fille fit entendre sa voix

Quand il vit apparaître les premiers ganglions sur sa cuisse, le fossoyeur resta un moment perdu en ses pensements. Puis il sourit. Il prit sa pelle. En chantant, il traversa le cimetière. Il rejoignit son coin préféré. Éloigné des imposants tombeaux, à l'ombre d'un cyprès, il y avait un petit carré de verdure ombragé. Quand on s'asseyait dos à l'arbre, on pouvait ouïr couler la Weser dans le lointain.

Le fossoyeur se mit à creuser.

Il connaissait son métier. En cette fin de juillet, la terre était meuble, point trop humide. La besogne allait toute seule. D'ordinaire, la fosse était creusée en quelques heures. Pourtant, ce jour-là, le soleil se couchait quand il en vint à bout. La faute, peut-être, aux vertiges qui le prenaient cependant qu'il travaillait. Ou alors, la cause en était qu'il s'était offert le luxe de creuser une cavité bien large et confortable, dont il avait ôté toutes les pierres saillantes, pour en assurer le moelleux.

Quoi fait, il prit un peu de repos. Le jour suivant, il tailla sa pierre tombale. Enfin, tout fut prêt. Il alla jusqu'à la rivière pour se laver, revêtit sa vêture du dimanche, et choisit un beau drap propre. Il retourna auprès de sa fosse et attendit.

Le fossoyeur était entré dans le métier à huit ans, sous la houlette de son père, qu'il avait enterré quand il avait dix-sept ans. Voilà cinquante ans qu'il mettait tout Hamelin en terre, les riches comme les pauvres. Ces années lui avaient donné une certaine connaissance de la mort. Ce pourquoi il devina l'approche de l'homme en noir.

Même en plissant les yeux, il ne parvenait guère à le distinguer. C'est tout juste s'il croyait débrouiller les limites d'une haute silhouette, accoutrée d'un sombre mantel.

– Bien le bonsoir, monseigneur, dit le fossoyeur en direction de l'homme. Comme vous voyez, je suis prêt.

Le fossoyeur ne put le voir, mais l'homme en noir, sous son capuchon, sourit.

Le fossoyeur sauta dans la fosse. Il étala le drap. Il s'allongea, tourna les hanches pour trouver une position confortable. Satisfait, il rabattit le linceul autour de lui. Le soleil se couchait. Une douce fraîcheur montait de la terre battue. La fosse était douillette. Il avait bien travaillé. Il ferma les yeux et poussa un soupir. Il n'entendit pas l'homme en noir sauter à son côté. La silhouette se pencha et, non sans une certaine douceur, lui souffla dans l'oreille.

Quand l'apprenti trouva le fossoyeur, le lendemain matin, il n'eut plus qu'à reboucher la fosse et à dresser la pierre tombale. Dessus, on lisait :

Ci-gît Nikolaus le fossoyeur.
Je vous ai tous mis en terre.
Devant tous ces mystères
Mieux vaut se taire.

L'apprenti avait à peine treize ans. Il était seul désormais pour collecter et enterrer les morts de tout Hamelin. Il lui sembla qu'une bien lourde responsabilité tombait sur ses épaules.

*
* *

Gastun visitait la ville, évaluant l'ampleur de la tragédie. Hamelin sombrait doucement dans le chaos. L'apprenti fossoyeur n'avait pas le temps de collecter tous les corps. Les familles mettaient les cadavres dans la rue, où ils étaient laissés à pourrir. Les rats en faisaient leur festin. À leurs couinements se mêlait l'infatigable bourdonnement des mouches. Les porteurs d'eau avaient renoncé à marquer les portes d'une croix. On ne savait plus qui était mort ou qui était vivant. Maintenant, c'était chacun pour soi en sa chacunière.

L'étranger croisait parfois un manant, ou un des porteurs d'eau en maraude. Les sergents d'armes, eux aussi, gardaient leur poste. Deux d'entre eux se tenaient aux portes de la ville, et le reste devers la demeure du bourgmestre. Gageons que nombre d'entre eux auraient préféré s'enfermer en leur caserne. Mais mieux valait pour eux de rester au service des bourgeois cossus, qui avaient greniers et offices bien garnis. Pour ce qu'il n'avait échappé à personne qu'avec la mort de tant de vilains, les moissons seraient abandonnées, faute de bras. Après la peste noire, la famine menaçait la ville.

Mais avant la faim, avant même la peste, une nouvelle tragédie tourmentait les habitants. Si les celliers les mieux garnis comportaient encore des boisseaux de blé et d'orge, des sacs de fèves, du poisson et des viandes séchées, en revanche, par cette chaleur, les jarres de vin et les fûts de cervoise se vidaient bien trop vite. Car depuis des semaines, il n'avait pas plu sur Hamelin, et l'insufférable ardure du soleil semblait ne jamais vouloir se calmer, même pendant les nuitées.

C'est ainsi qu'un matin, le bourgmestre s'éveilla sur une nouvelle difficulté. Il avait barricadé sa maison et attendait à l'abri, assis sur son or et ses provendes. Lentement, il avait sifflé tous les liquides que recelait sa maison : le vin, puis la cervoise, les liqueurs, les derniers fruits, la petite citerne d'eau de pluie qui contenait à peine une flaque croupie. Il avait même léché les joues de son épouse baignées de larmes, la pauvre dame supportant bien mal tous ces malheurs. Maintenant, il se desséchait à l'intérieur de son armure. Sa peau craquelait, sa langue pesait dans sa bouche asséchée.

Il avait pensé envoyer ses gardes chercher de l'eau, mais il savait qu'iceux rechignaient à traverser Hamelin et s'exposer à la contagion. Il userait de cette solution en dernier recours. Mieux valait ne pas se mettre à dos ceux qui le protégeaient. En effet, il craignait une mutinerie de la part des pauvres de sa ville, et se voyait déjà assiégé par une horde de vilains affamés et crachotants, qui viendraient forcer son huis et voler ses provendes.

Aussi fit-il comme à son habitude : il sonna la cloche pour réclamer de l'eau. Sait-on jamais, peut-être qu'un des porteurs était encore vif ?

La grange, on s'en souvient, était située non loin. Mirella, Pan et le reste de la bande s'y trouvaient, abrutis par la touffeur. La sonnerie bien connue retentit jusqu'à eux. Mirella, dans un réflexe conditionné par des années d'obéissance, bondit sur ses pieds.

Elle regarda autour d'elle. Les porteurs n'étaient pas décidés à mouvoir d'un pouce.

– Ça sonne chez le bourgmestre, commenta Guerric. Ma fé ! c'est dans ton quartier, Mirella.

La jeune fille réfléchit. Elle craignait que, n'obéissant pas à la cloche, le bourgmestre, délirant de soif, les fasse pendre, maintenant ou plus tard, s'ils réchappaient à l'épidémie. Certes, elle redoutait de quitter la grange et de s'exposer. Mais la faim la tourmentait à nouveau. Tôt ou tard, il lui faudrait aller dehors pour voler sa pitance, ou la quérir auprès des jumelles orphelines.

Ignorant le mauvais sourire que lui jetait Guerric, Mirella attrapa ses seaux et sortit dans la ville en proie aux pesteux.

Elle s'avança, l'œil au guet, le nez au vent et l'oreille aux écoutes. Elle marchait prudemment, afin de ne point poser son pied nu sur un rat ou sur la main d'un cadavre. Jamais les rues sinueuses d'Hamelin ne lui avaient paru aussi dangereuses : dans ces venelles tournantes, du diantre si on savait qui d'aventure on allait croiser au détour de la chaussée.

Or elle savait bien celui qu'elle redoutait plus que tout d'encontrer.

L'homme en noir.

Son cœur battait d'angoisse quand elle se ramentevait cette haute silhouette. Avec une acuité qui la surprenait elle-même, elle se rappelait le manteau lourd, de riche étoffe, noire comme un puits, le pas calme, le capuchon qui semblait abriter un vide, comme si l'homme n'avait point de visage.

Pour se rassurer et se donner du cœur, elle chanta une petite prière de protection, calquée sur ses pas. À chaque détour, elle faisait trois enjambées et, en même temps, elle chuchotait :

Si le Mal y était, il m'assassinerait
Mais comme il n'y est pas
Il ne m'aura pas.

Au troisième pas, elle déboucha dans une nouvelle ruelle. Ouf! Elle était vide.

Si le Mal y était, il me mortirait
Mais comme il n'y est pas
Il ne m'aura pas.

Dieu soit loué! Nouvelle ruelle déserte.

Si le Mal y était, il m'estrillerait
Mais comme il n'y est pas
Il ne m'aura pas.

Sauvée! La rue ne contenait pas âme qui vive, ou qui hante.

Si le Mal y était, il me pourfendrait
Mais comme…

Le reste de la chansonnette s'éteignit dans sa gorge. Le silence qui lui fit place était glaçant.

L'homme en noir y était.

Sa silhouette se dessinait au loin, au bout de la rue qu'elle venait d'emprunter. Sur le feston de son manteau dansaient des flammèches bleutées. Il se promenait dans Hamelin comme s'il était chez lui. Il marchait à tranquille allure, nullement gêné par les rats qui louvoyaient entre ses chevilles. Il s'arrêta face à une petite maison aussi silencieuse que les autres. Avec horreur, Mirella le vit entrer dans le logis en passant à travers le mur.

Elle détala comme lièvre levé. Elle traversa la ville jusqu'à la Weser. Là, elle s'avança dans l'eau jusqu'à la taille. Elle plongea ses bras et son front brûlant dans les flots. Sa respiration se calma.

Elle ferma les yeux. La ville était derrière elle. Il lui semblait que la peste noire était enfermée entre les remparts, et que l'eau la protégeait de toute infection. Elle revint au bord, s'allongea dans la terre humide, la tête sur le rebord herbeux, le corps baigné par le courant. La fraîcheur et le remous délassaient ses muscles tendus.

Quand son corps fut apaisé et que sa peau se mit à frissonner, elle sortit au sec. Elle ne voulait pas revenir dans Hamelin. Elle eut envie de fuir. Mais pour aller où ? Mirella ignorait tout du monde au-delà des remparts d'Hamelin. Les nonnes ne lui avaient enseigné aucune notion de géographie. Avant l'épidémie, des marchands ambulants passaient parfois les courtines, parlant un étrange dialecte. C'était pour Mirella le seul témoignage qu'un autre monde existait en dehors de la ville.

La porteuse regarda les trois routes qui partaient de la grand-porte et menaient vers l'inconnu. Laquelle prendre ? Possiblement, un de ces chemins allait tout droit là où la Terre s'arrêtait, et il ne fallait donc surtout pas l'emprunter. Et qui sait si la peste ne sévissait pas dans les cités voisines ? Le monde alentour lui paraissait plus risqué encore qu'Hamelin. Chez elle, du moins savait-elle où guetter le danger pour s'en préserver. Quitter la ville était une aventure bien trop grande pour elle.

Mirella remplit ses seaux, les chargea sur ses épaules. Elle salua les gardes et rentra au bourg.

Elle posa ses deux mains sur la lanière qui supportait les seaux, prête à la soulever pour se libérer de ce poids encombrant et fuir dès que nécessaire. Il lui restait huit rues à longer avant d'arriver sur la grand-place.

Elle courut presque, à grands pas larges et sûrs, les seaux bien stables sur ses épaules, la respiration régulière. La distance diminuait. Plus que sept ruelles. Plus que six ruelles. Plus que cinq ruelles. Plus que.

L'homme en noir était là, devant elle, comme sorti tout soudain du sol.

Mirella sentit son corps se figer. L'homme la dépassait d'une bonne tête. Il se pencha lentement vers elle. Son visage disparaissait dans l'ombre d'un épais capuchon. C'étaient les ténèbres mêmes qui descendaient sur la jeune fille.

Elle ouvrit la bouche pour hurler. Son gosier serré ne laissa passer aucun son. La force surhumaine de l'homme en noir la submergea. Elle devinait en lui une puissance inégalée. Il la dévorerait. Elle n'avait aucune chance.

Un élan de révolte la souleva, juste comme la bouche de l'homme arrivait à son oreille. Elle sentit la houle de son sang qui battait, et refusa que ce roulis s'interrompe. Sa poitrine se souleva avec fureur, sa gorge s'enflamma, et elle cria.

Une poussée d'air salvatrice, qui portait toute sa volonté, sortit de sa bouche et frappa l'homme en noir de plein fouet. Il fut repoussé.

Ce n'est pas qu'il recula, qu'il fit un pas en arrière pour se garder. Non. Le cri de Mirella fut une onde de force qui le projeta au loin. Il bascula en arrière, comme soufflé par une rafale, et tomba sur le dos quelques mètres plus loin.

Tant était époustouflée la jeune fille, qu'elle détala à bride avalée, sans même songer à quitter ses seaux.

Elle traversa Hamelin plus vite que le vent. Arrivée sur la grand-place, elle s'écroula, le souffle saccadé, les jambes coupées, la chair moite et tremblante. Elle voulait se terrer dans un recoin et n'en plus jamais sortir.

Elle resta là, abêtie par la peur et pliée sur elle-même, incapable de se mouvoir, quand retentit à ses oreilles une petite sonnerie aiguë et insistante. Ce son de cloche autoritaire remua en elle une colère très enfouie, qui lui crispa grandement les nerfs. Elle bondit sur ses deux jambes.

C'était le bourgmestre qui réclamait son eau.

À longues jambées exaspérées, elle alla jusqu'à sa porte, sur laquelle elle tambourina à toute volée. Derrière l'huis, il se fit longuement bruit de serrures déverrouillées, de cadenas décadenassés et de barres ôtées.

Tourneboulée par son aventure, rongée par un ressentiment qu'elle tassait bien au fond d'elle-même depuis des années, nul doute qu'à l'instant où le bourgmestre aurait passé la tête par la porte, Mirella lui aurait jeté son poing à la figure, tellement la colère lui chauffait la bile.

Mais c'est un domestique qui entrebâilla l'huis. Mirella contempla ce bout de face maigre et effrayée, et le feu qui l'animait s'apaisa un peu. Le temps que le domestique coure prendre un fût vide et le lui tende, elle s'était calmée. Elle remplit le fût à moitié seulement. Il lui restait de l'eau dans un des seaux, l'autre était plein. Comme le domestique faisait mine de s'étonner, elle déclara :

– Je ne reviendrai plus. Inutile de sonner.

Elle s'éloigna sans qu'il ait eu le temps d'insister.

Elle prit une longue goulée d'air. Ses membres avaient cessé de trembler. Sa tête était claire, son regard droit, sa poitrine ouverte et déterminée, ses pieds bien ancrés dans le sol. Mirella se sentait sûre d'elle. C'était pour elle une sensation nouvelle et étrange. Sans doute, enfant, avait-elle été ainsi, inconsciente et téméraire. En grandissant, quelque part sur le chemin, elle avait perdu cet aplomb. Et voilà qu'elle le retrouvait. Elle avait repoussé l'homme en noir. La peur l'avait quittée.

Elle partit en ville.

Pour la première fois, le silence du bourg lui sembla moins inquiétant qu'apaisant. Elle fredonna le chant des porteurs d'eau, heureuse d'entendre résonner sa voix dans le silence.

Elle alla vers les quartiers pauvres. Elle chantait, et les vivants ouvraient leur auvent, tendant une cruche. Elle salua les deux petites orphelines, heureuse de les trouver toujours en vie. Icelles lui donnèrent de la nourriture en échange de son eau. Mirella cacha ces vivres près de la grange : si les rats ne trouvaient pas la cachette, elle et Pan auraient de quoi tenir quelques jours. Elle guettait l'homme en noir, mais ne le vit nulle part. Alors elle repartit vers la Weser pour un nouveau voyage.

En chemin, elle croisa l'apprenti fossoyeur. Le pauvret continuait à faire son travail. Seul, il arpentait Hamelin, ramassait les corps et les enterrait. Mirella lui bailla de l'eau et des paroles d'encouragement.

À l'approche de la rivière, elle aperçut une silhouette. Un homme se tenait debout, les pieds dans l'eau, et se frottait les membres. En avançant plus outre, elle reconnut Gastun. Une fois à son niveau, elle découvrit qu'il était entièrement nu.

Au Moyen Âge, la nudité était fort commune. On prenait son bain en compagnie, on se dévêtait en famille ou devant moult domestiques. Pourtant, en dépit de la cohérence historique, Mirella se sentit rougissante et gênée.

– Mirella ! cria Gastun avec un grand sourire. Comment vous en va ?

Le jeune homme était fort aise, et bien riant de l'embarras de la jouvencelle. Sans la moindre clémence, il poursuivit ses ablutions. Puis il se tourna vers elle, les poings sur les hanches, dos au soleil pour se bien sécher, et entreprit de faire causette.

Ils badinèrent à propos du beau temps, du confort de l'auberge, et des cadavres qui s'empilaient dans Hamelin. À la parfin, Gastun eut pitié de Mirella qui dirigeait son regard le plus droit et haut possible devers elle. Il eut l'ingénieuse idée de requérir son aide pour se vêtir. Il insista pour que la jouvencelle l'assiste quand il enfila ses chausses, sa chemise et ses bottes.

Pour se faire pardonner ses facéties, il porta les seaux de Mirella sur le trajet du retour. Ils discutèrent de bon cœur. Mirella s'étonna d'être si aisante avec un inconnu. Elle se plaisait à échanger avec Gastun. Il lui vint à l'entendement que le jeune homme la fascinait parce qu'il était étranger. Elle brûlait de l'interroger sur le monde en dehors d'Hamelin.

Mais l'agréable présence de Gastun ne lui avait pas fait baisser sa garde. L'œil aux aguets, elle sursauta soudain. Une ombre venait de traverser la ruelle en face. Elle soupira de soulagement en reconnaissant Guerric, très certainement affairé à quelque maraude.

Elle fut tirée de son observation par Gastun. Le jeune homme s'arrêta en pleine rue, comme pris d'une illumination. Il l'envisagea très sérieusement, et déclara :

– Vous êtes particulièrement en beauté, ce jourd'hui.

Gastun était sincère. Mirella n'avait plus cet air rentré et épeuré de leur première encontre. Elle dégageait une assurance fort étonnante pour une manante, et plus encore pour une femme. C'était une force qu'il avait devinée à leur premier rendez-vous, et qui émanait maintenant bien plus librement.

Mirella fronça les sourcils. Elle était accoutumée à recevoir des gausseries sur son apparence : à cela, elle savait que répondre. Cette remarque-ci la laissait désarmée. Elle fut prise d'un terrible soupçon. Elle se demanda si Gastun n'était point en train de lui conter fleurette. Cette idée la plongea dans de grandes alarmes.

Sans se préoccuper des tourments que son compliment avait déclenchés, Gastun poursuivit ses mignardises. Il décocha son œillade la plus alanguie à Mirella, qui s'écarta d'un pas, de plus en plus inquiète.

– Charmante damoiselle, dit-il, écoutez donc ce silence. C'est à croire qu'il n'y a plus que nous deux en ce monde.

Il accompagna ce propos d'un clin d'œil significatif et engageant, chargé de sous-entendus. À cet instant, une violente toux éructa de derrière un auvent.

– Pas tout à fait seuls au monde, dit Mirella. Il y a aussi les mourants, les morts, les vivants en deuil et les bien portants qui attendent leur tour.

Il fallait plus d'une rebuffade pour décourager Gastun. Il bondit et revint auprès de Mirella avec une fleur, qu'il lui tendit. La jouvencelle la refusa avec de grands yeux effarés.

De l'air le plus piteux et marri du monde, il arracha un pétale à la fleur en déclarant :

– Elle m'aime.

Un deuxième pétale suivit le même sort, tandis qu'il ajoutait :

– Un petit.

Il continua à dégarnir cette pauvre anémone en récitant :

– Beaucoup, passionnément, follement.

À son grand désarroi, il arracha le dernier pétale en prononçant :

– Pas le moindrement.

Il jeta le pistil et conclut :

– Fi ! Ces fleurs funéraires, ça ne vaut mie ni miette.

Il avait cueilli l'anémone sur une couronne mortuaire déposée devers l'église. Dépité, il attenta un ultime geste galant. Avec un bâton, sur le sol jonché de crottes de rats, il dessina un cœur, dans lequel il inscrivit son prénom et celui de Mirella. La jeune fille, qui ne savait pas lire, s'intéressa fort peu à ces simagrées.

– Foin de compliments, dit-elle. Cessez donc vos fableries. Je préfère que vous agissiez en nette et franche guise avec moi.

Elle dit cela avec un regard droit, où Gastun devina la fragilité d'une jouvencelle qui n'était pas habituée aux galantises. Il en fut touché, et jeta son bâton par-dessus son épaule. Ils continuèrent leur chemin.

Ils passèrent devers l'hospice. Mirella jeta un œil au tour. Comme tous les enfants trouvés, c'est à cet endroit qu'elle avait commencé sa vie. Le tour était une sorte de tiroir coulissant en bois, installé dans un renfoncement de la façade. Il était tout juste assez grand pour y déposer un bébé. On y allongeait le nourrisson, puis on effectuait une rotation. Le bébé se retrouvait de l'autre côté, à l'intérieur, et la mère fuyait sans se retourner.

Gastun suivit le regard de Mirella. Il devina ses origines.

– Moi aussi, je suis un enfant trouvé, avoua-t-il.

Mirella se tourna vers lui :

– Vous ?

Le ton surpris de la jeune fille flatta Gastun.

Il lui conta ses années de vagabondage. Dès douze ans, il était parti sur les routes. Il avait grimpé dans les charrettes de gens du voyage, de comédiens, de bateleurs et marchands ambulants. Il avait été garçon à tout faire. En chemin, il avait appris. Il parlait six langues, savait lire et jouer de la musique, pouvait s'improviser soigneur, troubadour, rémouleur. Mirella l'écouta avec envie et le pressa de questions, tant qu'il ne pouvait répondre à toutes.

Au grand regret de la porteuse, ils arrivèrent devers l'auberge.

– Ne vous inquiétez mie, dit Gastun avant de refermer la porte derrière lui. Je me mettrai bientôt à la tâche. Je libérerai la ville des rats.

Mirella sentit monter une petite flamme d'espoir, qui s'éteignit bien prestement. Que pouvait Gastun contre l'homme en noir ?

Elle resta devers l'auberge, à ressasser ses inquiétudes. Cette dernière question en souleva une autre, qui lui semblait bien audacieuse, démesurée, même, et qui pourtant affleurait à sa cervelle : que pouvait-elle, elle, contre l'homme en noir ?

La remarque de Lottchen affleura en sa remembrance. L'alberguière avait dit savoir de qui elle était née. Elle avait insinué que Mirella était fillotte du Diable. C'était une pensée que la jeune fille se refusait à envisager. Et pourtant elle était forcée d'admettre que le Diable se promenait dans sa ville, et qu'elle seule pouvait le voir. Et ainsi, charruée par ses nouvelles résolutions, triboulée par ses interrogations, elle prit une initiative qu'elle ne se serait jamais permise quelques jours plus tôt. Elle passa la porte de l'auberge et se mit en quête de Lottchen.

Elle parcourut la grande salle, le comptoir et l'office, sans trouver âme qui vive ou qui pourrisse. Gastun devait être à l'étage, dans sa chambre.

Oyant le bruit d'une porte qu'on referme, elle se dirigea vers la cuisine. Celle-ci était vide, mais comportait une trappe qui menait au cellier. Elle s'y rendit. Lui aussi était désert, à l'exception d'un immense pétrin où on mettait la pâte à pain à lever.

La jeune fille alla jusqu'au coffre et l'ouvrit. Lottchen était dans le pétrin.

Cette forte femme, d'ordinaire si sûre d'elle, s'était roulée en boule dans cette cache, pétrie par l'effroi. Lottchen avait toujours eu grand peur de la porteuse aux cheveux rouges. Mais tant que Mirella s'était comportée en petite mendiante épeurée, l'alberguière avait dompté ses craintes en convoquant son courroux, et avait toujours eu la force de chasser loin d'elle cette diablesse.

Or, ce jour d'hui, elle avait vu Mirella entrer dans son auberge d'un pas franc et résolu. La porteuse avait changé. Elle se tenait droite. Lottchen en avait conçu une terreur nonpareille.

– Baste ! Va-t'en d'ici ! cria-t-elle.

– Lottchen, écoutez-moi, dit Mirella en baissant la voix pour apaiser l'alberguière. Je ne vous veux point de mal. Le jour d'avant, vous avez parlé de ma naissance. Dites-moi ce que vous savez.

Lottchen, les yeux quasi sortis de leurs orbites, avait trop grande frayeur pour entendre raison.

– Hors de chez moi, démone ! dit-elle. C'est bien par ta faute si le Mal est dans la ville ! Retourne au cimetière d'où tu viens ! Et ne viens plus jamais déranger les vivants !

Mirella, par ces propos grandement épeurée, recula.

Lottchen bondit hors du pétrin et attrapa un gros coutel. Elle s'avança en pointant la lame vers Mirella. La porteuse vit que Lottchen n'hésiterait pas à la poigner. Elle fuit hors de l'auberge. Elle termina de porter l'eau dans la ville, puis rentra à la grange.

Chapitre X
Un souvenir soudain émergea

Mirella continua à aller en ville. Inutile de se terrer dans la grange : elle savait n'y être pas à l'abri de l'homme en noir. Elle avait besoin de se mouvoir, et aurait étouffé à s'enfermer entre quatre murs avec les autres porteurs. Dès que Pan était assoupi, se reposant de sa blessure, elle sortait.

Plus les jours passaient, plus elle appréciait ces promenades dans Hamelin. Elle y marchait sans craindre les regards des habitants. Les porteurs, si elle les croisait, détalaient aussitôt. Le mendiant estropié s'était réfugié dans une maison dont les habitants étaient morts. Mirella errait dans les rues silencieuses, la tête haute, grisée par cette liberté nouvelle. Elle redécouvrait les ruelles. Hamelin lui appartenait.

Un jour, pourtant, elle s'aperçut qu'elle n'était plus seule. Elle entendit des cris.

Mais le plus étonnant était que ces hurlements aigus sonnaient joyeusement. Ils étaient ponctués d'éclats de rire.

Dans un des quartiers pauvres de la ville, les enfants avaient conquis une rue très pentue. Cette travée était habituellement encombrée de cahotants charrois, conduits par des marchands et artisans, qui s'affairaient à leur besogne et bousculaient sans ménagement les petiots qui avaient l'affront de les gêner. Maintenant, les enfants avaient la voie libre. Ils avaient échappé à la surveillance de leurs parents, tapis en leurs chambres et tremblants de peur. Ils étaient sortis des maisons, tout joyants et excités de pouvoir enfin s'esbaudir hors les murs, courir et jouer ensemble. La rue était à eux.

Ils se partageaient une planche à roulettes. À tour de rôle, ils prenaient place sur la planche, assis, ou à plat ventre pour les plus téméraires. Ils descendaient la rue, cheveux au vent, avec des cris de joie. Quand un des enfants débaroulait à terre, tout écorché, ses camarades accouraient pour le relever, lui tapaient dans le dos, et l'enfant riait d'être terreux, sanglant, mais bien en vie.

Mirella resta à distance, surveillant leurs jeux, s'amusant de leurs escapades. Elle s'assura que l'homme en noir ne passait pas par là.

*
* *

À la Saint-Namphase*, Gastun mit son plan à exécution. Il manda de gros tonneaux, qu'il plaça un peu partout dans Hamelin. Il emprunta des seaux à Mirella. Ensemble, ils remplirent les tonneaux d'eau et refermèrent les couvercles en les bloquant avec des pierres.

Puis Gastun demanda aux jumelles orphelines de lui bailler de la viande séchée et du sel. Il coupa la viande en petits morceaux, qu'il sala copieusement. Il dispersa cette nourriture partout dans la ville.

Les morceaux de viande disparurent dans la journée, grignotés sur l'heure par les rats. Gastun réitéra l'opération pendant trois jours, tout en surveillant attentivement le ciel. Il ne fallait pas qu'il pleuve. Fort heureusement, aucun nuage ne vint tacher le ciel bleu. Au matin du troisième jour, il était prêt.

Mirella le suivit. Gastun alla au premier tonneau. Il l'ouvrit et fit clapoter l'eau avec sa main. Les rats, assoiffés, accoururent sur-le-champ. Les brèches des maisons et les caniveaux vomirent des

* Saint patron des vils calembours et gausseries.

bestioles noires, qui se ruèrent sur le tonneau. Les rats grimpèrent le long de l'anse et se penchèrent sur le rebord. Là, à grand renfort de couinements, ils se bousculèrent pêle-mêle. D'autres poussaient derrière. Ainsi, toutes les bêtes tombèrent à l'intérieur. Quand le tonneau fut rempli de dos noirs et mouillés qui patouillaient à qui mieux mieux, Gastun referma le tonneau. Il le scella avec soin et, par une petite ouverture sur le couvercle, termina de le remplir jusqu'en haut, noyant ainsi les rats piégés à l'intérieur. Il procéda de même dans chaque quartier de la ville.

Après chaque opération, il sortait son tambourin et battait à tout rompre, en criant à vous tympaniser :

– À mort, à mort les rats !

À ce bruit, les habitants d'Hamelin qui étaient encore en vie entrouvrirent leurs croisées.

Gastun noya ainsi plusieurs centaines de rats. À la fin de la journée, pour la première fois depuis des semaines, la ville avait cessé de couiner. Le petit chicotement qui faisait bruisser les murs et les toits s'était tu.

Gastun acheva son parcours sur la grand-place, où il réitéra son charivari jusqu'à ce que le bourgmestre se montre à la croisée.

– Les rats ne sont plus, monseigneur ! déclara Gastun dans une courbette.

– Fort bien, dit le bourgmestre. Vous aurez votre dû dès que nous serons certains qu'aucun rat ne reviendra et, surtout, que le Mal noir s'en est allé avec les rongeurs.

– Mais, monseigneur…

Le bourgmestre claqua la verrière.

– Jamais il ne paiera, décréta Mirella.

– Que nenni ! Il crachera son or, croyez-moi, ce bourgeois pleure-pain ! Qué pincemaille et chiche-face ! Je lui en ferai voir… J'ai plus d'un tour dans mon sac.

Ceci était dit avec une telle violence contenue que Mirella recula d'un pas. Elle ne soupçonnait pas un tel bouillonnement chez le jeune étranger.

Elle le laissa à ses emportements. Dans la grange, tout était calme. Pan dormait. Les porteurs clampinaient chacun dans leur coin, assommés par l'ardure du soleil. Guerric n'était pas en vue.

Mirella avait envie de croire que Gastun les avait sauvés. Mais un affreux doute la tourmentait. Elle ressortit et fit quelques pas à l'entour.

Un éclat attira le coin de son œil. Elle plissa les yeux. Plus rien. Mirella avança dans une rue. Elle s'entraîna à regarder droit devant elle, tout en restant attentive à ce que ses yeux percevaient en marge, sur le côté. Cela nécessitait un peu d'effort mais, bientôt, elle s'habitua à cette nouvelle façon de regarder le monde.

Et elle les vit.

Au pied des maisons, dans les recoins des ruelles, sous les corniches des toits, partout elle apercevait des flammèches bleutées. Elle se pencha vers les soubassements d'une maison, devant une fêlure dans le mur, d'où luisait l'une de ces lumières bleues. La crevasse était sombre. Elle crut voir remuer les ténèbres. De petitimes points lumineux surgirent dans le noir. Le trou était rempli de rats. Iceux n'étaient pas de banals rongeurs. Ils étaient à la solde de l'homme en noir. Ils avaient eu l'intelligence de ne pas céder à la soif et avaient échappé au carnage orchestré par Gastun.

*
* *

Ce soir-là, Mirella resta longtemps allongée dans le noir, plongée en ses méditations. Elle savait comment survivre. Cela faisait des années qu'elle s'y employait. Pour cela, il fallait se tenir loin du danger, se faire oublier, obéir et plier la nuque.

Pourtant, ce jour d'hui, elle était tentée de s'écarter de cette ligne de conduite. Elle avait repoussé l'homme en noir. Elle brûlait de savoir comment. Pour cela, elle devait se confronter à la vérité et découvrir si bel et bien, comme disait Lottchen, elle était sorcière ou fille du Diable.

Mirella hésitait. À trop creuser cette question, elle risquait le bûcher qui, du plus loin qu'elle se souvienne, la terrifiait. Finalement, elle haussa les épaules. Baste ! Le danger était déjà tout autour d'elle, et il pouvait traverser les murs. Sa résolution était arrêtée.

Le lendemain, elle passa la porte de l'auberge, se promettant de n'en ressortir qu'avec des réponses. L'alberguière n'était point à son comptoir, ni cachée au fond du pétrin. Mirella monta à l'étage. À main droite, elle reconnut les chambres des clients. Gastun devait loger dans l'une d'elles. Aucun son ne filtrait à travers les portes. Mirella prit à gauche. Une autre chambre s'y trouvait. Elle poussa le battant.

Il faisait sombre, l'auvent étant clos. Lottchen était allongée en son lit. Son visage était immobile. Son cou et ses épaules étaient noirs. Une odeur de corps en décomposition emplissait l'air. Mirella resta sur le seuil, main devant la face, pour ne point emplir ses poumons de cet air plein de miasmes pestilentiels.

Soudain, Lottchen ouvrit les yeux. Mirella, qui avait cru que l'alberguière était déjà passée en l'autre monde, sursauta.

Le regard trouble de la pesteuse erra à l'entour, puis se posa sur Mirella. Elle reconnut la jouvencelle. Une lueur d'effroi passa dans sa pupille.

– Sorcière ! Or sus ! coassa-t-elle.

Mirella fit un pas de plus.

– Cessez vos injures ! dit-elle. Lottchen, je suis venue pour comprendre. Pourquoi me traitez-vous de sorcière ? Que savez-vous sur ma naissance ?

Une grimace de peur déforma le visage de l'alberguière. Elle n'avait plus la force de se lever ni se défendre, et voilà que cette démone se glissait jusque dans sa chambre pour la tourmenter. Lottchen serra le drap autour d'elle, comme pour en faire un pauvre rempart.

Mirella s'approcha plus encore du corps infecté.

– Parlez, dit-elle.

Elle avait jeté ce mot avec une telle autorité que Lottchen en fut surprise. L'effroi qui secouait la malade fit place à une torpeur découragée. L'alberguière n'avait plus rien à perdre. Elle sentait son corps qui s'émiettait dans sa couche. Elle se savait condamnée.

– Eh bien, je m'en vas te répondre, dit-elle avec un mauvais sourire.

Elle allait sortir tout ce qu'elle savait, évacuer l'horreur, se soulager d'une histoire qui depuis tant d'années la hantait. Elle lui dirait, à cette fille qui se tenait devers elle, avec l'audace de sa peau blanche, de son corps sain, de ses muscles vifs, elle lui dirait l'abomination qu'elle était.

– Je ne suis pas d'ici. Je suis née à Coppenbrügge, non loin d'Hamelin, raconta Lottchen. Quand j'avais neuf ou dix ans, dans la ville, nous avons fait une grande fête pour le mariage de notre seigneur.

La voix de l'alberguière devint plus faible.

– Quelques années après…

Elle s'interrompit. Ses yeux se fermèrent. Son visage s'affaissa.

Mirella bondit. La tenancière choisissait bien son moment pour trépasser ! Mirella se pencha vers le corps, les poings pressés par la colère. Un très léger mouvement souleva la poitrine de la pesteuse. Lottchen respirait encore. Prise de vapeurs, elle avait sombré dans un délire enfiévré.

Mirella se moquait, désormais, d'être si près du corps contagieux et pourrissant. Elle se pencha au-dessus de la couche et souffla sur le front de la malade, pour lui rafraîchir le visage. Lottchen reprit quelques couleurs. Puis Mirella fredonna doucement. Elle murmura une mélopée lancinante, sans paroles. La malade rouvrit les yeux, comme rappelée par le chant de la jeune fille.

Mirella se tut. Elle s'approcha tout près du visage sueux de Lottchen. Elle huma l'air corrompu et soudain, sa vue se brouilla.

Mirella trébucha et s'assit sur le sol. Sans qu'elle s'y apense, elle venait d'opérer un étrange charmement. Penchée au-dessus de la mourante, elle avait inspiré les pensées de Lottchen. Une vision dansait devant ses prunelles. Mirella vit, de ses propres yeux, les souvenirs d'enfance de l'alberguière.

De prime, elle assista au mariage du seigneur à Coppenbrügge, la ville voisine d'Hamelin.

C'est l'hiver ou la fin de l'automne. Sur le parvis de l'église, la petite Lottchen tente d'apercevoir les mariés. Jambes et jupes la bousculent de tous côtés. Des cris de joie retentissent. Lottchen se faufile entre les chausses, braies, cuissards des soldats, et tend la tête. Les voilà.

Le seigneur a franc regard et vaillante allure, dans sa cotte en brocart rehaussée de dorures. Sa longue chevelure blonde ondule sous le galon de son chaperon brodé. Sa jeune épousée émerveille la foule par sa beauté. Elle porte un corset bleuté, d'hermine blanche fourré. Ses cheveux sont serrés en un touret, d'où s'échappe un voile orné de pierres précieuses.

Puis la scène se brouilla. Une nouvelle image apparut. Mirella reconnut le parvis de la même église.

Lottchen a grandi, de deux ans peut-être. À nouveau, les habitants de Coppenbrügge se pressent en foule. Mais cette fois, plus de cris de joie. Le seigneur sort de l'église, seul, tout accoutré de noir. Il marche à côté d'une litière. Posée sur celle-ci, un cercueil ouvert. Allongée à l'intérieur, son épouse décédée. Son visage est recouvert d'un voile noir. Ses mains sont jointes sur son ventre arrondi : elle est morte à la toute fin de sa grossesse. Elle devait lui donner son premier héritier.

Lottchen, avec tous les habitants, suit le cortège silencieux. On dépose le cercueil au sol. Après l'avoir scellé, le fossoyeur le porte dans le mausolée. C'est une belle construction de pierre, juste à côté de l'église, sous la gouttière de la toiture. Ainsi, lorsque la pluie coule le long du toit de l'église, cette eau sainte arrose le caveau.

Le prêtre referme la porte du mausolée, et tous s'éloignent. Lottchen reste dans le cimetière. Elle tourne autour des pierres tombales, lorgne les fleurs posées devant le caveau.

Soudain, un cri retentit. Un hurlement terrible, qui monte du mausolée. De sa vie, Lottchen n'a jamais eu telle frayeur. Elle veut s'enfuir, mais reste pétrifiée. Le fossoyeur, qui range ses outils non loin, se redresse, les yeux creusés par l'effroi. Il se signe.

Le cri cesse. Le fossoyeur part en courant.

Il revient bientôt, accompagné du prêtre et du seigneur. Il fait de grands gestes effarés. Le seigneur fronce les sourcils, agacé par les sottises et fableries du fossoyeur, qui a sans doute bu le vin de messe.

Le cri glaçant à nouveau retentit. Les trois hommes se figent. Le prêtre serre son chapelet et récite une prière. Le seigneur dégaine son épée. Il ouvre la porte du caveau. Le fossoyeur et le prêtre reculent de quelques pas.

Lottchen est cachée derrière une pierre tombale. Elle ne peut s'empêcher d'avancer la tête pour regarder.

Aucun monstre ne surgit du caveau. Pourtant le cri retentit à nouveau. Il vient de l'intérieur du cercueil. Avec des gestes désordonnés, le seigneur tire le cercueil hors du mausolée. Il glisse la pointe de son épée entre les pans du couvercle et fait sauter les clous. Il ouvre le cercueil.

Lottchen, malgré elle, sort de sa cachette. Elle s'approche et regarde.

Dans une flaque de sang, entre les jambes de la morte, il y a un bébé. L'enfant hurle à pleins poumons. Le seigneur tend les bras pour le prendre.

– Seigneur, ne le touchez mie ! s'exclame le prêtre.

Il envisage le nouveau-né, la bouche tordue de répulsion.

– Voilà sans nul doute une œuvre du Diable. Un enfant né dans un cercueil, sorti du ventre d'un cadavre !

Le père recule. Que faire de ce rejeton démoniaque qui trouble le repos de son épouse, qui a secoué sa tombe en hurlant son chemin jusqu'aux vivants ?

Il brandit son épée au-dessus du petit corps.

Avant de l'abattre, il lève les yeux vers l'église. Le prêtre devine son pensement.

– Dieu pardonnera votre geste, dit-il. Cet enfant est un démon.

Le seigneur opine. Au moment où la lame va s'abattre, le fossoyeur s'écrie :

– Non !

La tension qui règne dans cette partie du cimetière est telle que les deux hommes sursautent. Le fossoyeur s'approche du cercueil. C'est un vieil homme bossu, qui n'a plus un poil sur le crâne. Il cherche ses mots. Bien sûr, il respecte Dieu et craint le Diable. Mais à force d'enterrer les hommes, il a saisi quelques notions confuses sur la vie, la mort, le destin. Il a été témoin des phénomènes étonnants dont est capable le corps humain. Il a vu des cadavres bouger, des cheveux pousser pendant des mois après le décès. Il a la vague intuition qu'ici la nature a fait son œuvre, et non le Malin.

Mais il n'est point savant ni lettré, et ne sait comment exprimer tout cela.

– Portons le petiot aux enfants trouvés, dit-il à la parfin.

– Dans ma ville ? s'exclame le seigneur, qui ne peut se résoudre à voir grandir entre les murs de son fief un rejeton de son sang, venu au monde par une intervention diabolique.

– Dans la ville voisine, alors, dit le fossoyeur. À Hamelin.

Le seigneur fait un signe de tête.

Au fond, cela lui sied. Il craint trop pour son âme en commettant un infanticide. Hamelin est à une journée de marche. La distance lui semble suffisante pour les protéger de la néfaste influence de cet enfant démoniaque.

– C'est entendu, faites donc, dit-il, en homme habitué à donner des ordres.

Le fossoyeur comprend que lui incombe la responsabilité de prendre le nouveau-né dans ses bras et de le porter loin d'ici. Il se penche vers le cercueil. Ses mains tremblent. Il se relève, s'éponge le front. Regarde autour de lui. Son visage s'enlumine.

– Toi ! dit-il.

Lottchen tressaille. Le fossoyeur la regarde. En deux pas, il est près d'elle, il lui tient l'épaule fermement. Elle se croit attrapée, punie.

– Une fillotte ! dit le fossoyeur frénétiquement, la voix étranglée par le soulagement. Une âme innocente, n'est-ce pas, mon père ? Elle portera le bébé. Elle, si jeune, elle ne risque rien !

Le prêtre semble reprendre confiance.

– Vous avez raison, mon brave, confirme-t-il. Dieu protège tous les enfants. Il ne pourra rien lui arriver.

Les trois hommes poussent Lottchen vers le cercueil. Elle ne veut point voir ni toucher le bébé. Elle pleurniche. Les trois hommes la bousculent et la menacent. Elle finit donc par plonger les mains dans le cercueil, et saisit l'enfantelet.

Sans point y penser, dès qu'elle tient le nouveau-né dans ses bras, elle se met à le bercer. Elle a l'habitude des enfançons. Son père est fermier, bien doté en troupeaux et pâturages, et père d'une nombreuse famille. Depuis qu'elle a six ans, on lui confie les petits frères et sœurs, neveux et nièces. Le bébé s'apaise et cesse de pleurer.

Lottchen essuie le sang qui le souille avec un pan de son jupon. C'est une fille. Elle lui frotte longuement le crâne, puis interrompt son geste : rien ne servent ses efforts pour ôter le sang. Ce sont les fins cheveux de la petite qui lui colorent la tête. Ils sont écarlates.

L'image se brouilla encore une fois.

Lottchen vient de se marier. Son mari a un petit pécule. Il ne veut pas travailler la terre. Pour un bon prix, il a trouvé une auberge à Hamelin. En ajoutant la dot de Lottchen à ses économies, il peut l'acheter. Le jeune couple s'installe. Alors que Lottchen balaye le seuil, elle sursaute. Une petite fille passe sous ses yeux, peinant sous la charge de lourds seaux d'eau. Ses cheveux sont rouge vif. Lottchen se signe avec effroi.

Les images s'estompèrent. Mirella eut l'impression de revenir à la surface. Devant ses yeux, il n'y avait plus que les murs sombres, la chambre où Lottchen se mourait. Le cœur de la jeune fille battait à lui briser la poitrine. Le temps passa. Mirella trouva la force de se lever. Elle se tourna vers le lit. Le visage de Lottchen était vide et rigide. L'alberguière était morte. Mirella quitta l'auberge.

Une fois dehors, l'intérieur de sa tête lui semblant trop plein, et son cœur trop agité, elle se mit à marcher. Elle avança sans y penser et sortit de la ville, suivant le trajet tant parcouru jusqu'à la Weser. Elle s'assit au bord de l'eau.

Les images tirées des souvenirs de Lottchen rebondissaient contre les parois de son crâne, sans que Mirella puisse y mettre de l'ordre. Elle se releva. Elle avait besoin de se confronter à la réalité aperçue dans ses étranges visions. Elle retourna à la grand-porte et demanda au garde la direction de Coppenbrügge. Il lui indiqua la route, étonné. D'un bon pas elle se mit en route et, bientôt, Hamelin ne fut plus qu'une petite tache noire derrière elle.

Le soir n'était point encore tombé quand elle arriva aux abords de Coppenbrügge. Mirella était fatiguée et affameillée. Elle était venue jusqu'ici sur une impulsion, par besoin de voir cette ville où elle était née. Maintenant que se dressaient devers elle des remparts inconnus, elle hésitait. Qu'allait-elle faire ? Se présenter à son père, le seigneur de la ville ? L'idée lui parut tant folle et audacieuse, qu'elle la repoussa. Elle sentit pourtant que, si elle s'arrêtait pour réfléchir, le doute la pétrifierait, et elle ne ferait plus un pas. Alors elle approcha des murs fortifiés qui encerclaient la ville.

Deux gardes se tenaient devers la courtine. En apercevant Mirella, ils abaissèrent leur hallebarde.

– Personne n'entre, dit l'un d'eux.

– La peste est dans la ville voisine, à moins de quinze lieues d'ici, ajouta l'autre.

Ils avaient ordre de ne laisser entrer aucun étranger. Mirella s'éloigna.

Elle resta à distance, gardant la ville à portée de vue. Elle tournait en rond. Maintenant qu'elle était venue céans, elle ne pouvait se résoudre à rentrer bredouille. Elle s'assit au bord du chemin, les yeux fixés sur les remparts, comme s'ils allaient soudain lui parler. Elle resta longtemps ainsi. Son corps était délassé par sa journée de marche. Elle laissait les révélations de Lottchen s'implanter dans son esprit. Au loin, elle vit les gardes s'écarter et ouvrir les portes de la ville. Une riche voiture aux armes de Coppenbrügge en sortit. Cet équipage lui parut plus cossu encore que celui du bourgmestre d'Hamelin. Mirella se releva.

Comme à Hamelin, les ruelles étaient trop étroites pour faire passer l'attelage tout monté. Le cocher avait conduit les chevaux en les tenant par la bride. La servantaille suivait avec de nombreux paquets. Maintenant qu'ils étaient hors la ville, ils avaient l'espace nécessaire pour charger les montures. Ils se mirent à l'ouvrage. Ils préparaient la voiture pour un long voyage.

Mirella, à bonne distance, observait.

La portière de la voiture s'ouvrit. Un homme en descendit. Elle reconnut le seigneur. Son père.

Il se retourna et tendit la main. Une femme s'en saisit pour descendre le marchepied, suivie de deux garçonnets. Mirella les dévisagea avidement. Les enfants étaient blonds comme le père. Ils étaient bien jolis, avec leurs petits minois roses et délicats. Leur mère ne se lassait pas de les cajoler. Elle avait toujours une main sur les cheveux de l'un, sur l'épaule de l'autre. Elle leur souriait. Sous son voile, on apercevait sa chevelure brune. Les petits tournaient autour de sa jupe, tout aussi câlins, pépiant pour réclamer une sucrerie, que leur mère leur accordait en échange d'un baiser.

Bientôt l'arroi fut bien empaqueté, et ils remontèrent dans la voiture. Le cocher fouetta les chevaux. Ils allaient certainement se réfugier dans quelque demeure de campagne, bien loin de la peste noire.

Mirella vit la voiture disparaître. Elle n'avait pas même songé à s'approcher et s'adresser à ces belles personnes. Ces nobles lui avaient semblé tant propres et doux, qu'ils lui étaient parfaitement étrangers. Jamais on ne lui avait caressé les cheveux. C'était comme si elle avait regardé un autre monde par-dessus un mur infranchissable.

Mirella oublia ce père qui n'était rien pour elle. Elle songea qu'il lui restait cependant une mère. Une mère qui, elle, ne pouvait pas fuir la peste, et quitter la ville juste au moment où sa fille lui rendait visite.

Mirella partit pour le cimetière.

Comme dans bien des villes du Saint Empire, le cimetière de Coppenbrügge avait été installé en dehors des remparts. Mirella y entra sans difficulté. Elle repéra le clocher de l'église, et se dirigea entre les tombes. Les lieux étaient déserts. La nuit était tombée. C'était l'heure idéale pour se promener parmi les morts.

Elle reconnut le mausolée. Voilà donc où reposait sa mère, et où elle-même était née.

À tout hasard, elle frappa à la porte du caveau. Autant s'annoncer poliment.

Une brume anormalement épaisse s'infiltra sous la porte. Mirella recula. Elle n'avait point peur. Elle était saisie d'un étrange sentiment de familiarité, apaisant et excitant à la fois, comme si elle était enfin rentrée à la maison après un long voyage. La brume continuait à couler en flots. Elle se mit à lever comme une pâte à pain, jusqu'à hauteur de la porte. Dans ce brouillard, bras et jambes prirent doucement forme. Une silhouette féminine, gente et douce, apparut.

Le fantôme de sa mère sourit à Mirella.

Son corps de brume brillait d'un éclat laiteux et astré. Elle était en cheveux. Les mèches flottaient dans l'air autour de son visage. Mirella ne douta pas que sa chevelure, si elle avait pu refléter la lumière, aurait été d'un rouge sang. Ainsi dressée, libre et fière, sa mère semblait une sorcière. Mirella la trouva fort belle.

Le fantôme leva une main et lui caressa la joue. La porteuse ne sentit rien, pas même un souffle. Pourtant elle ferma les yeux, heureuse.

Une petite musique s'éleva dans l'air. Le fantôme lui parlait à sa façon. Un air lent et doux retentit. Mirella reconnut la berceuse que sa mère lui aurait chantée quand elle était bébé, pour l'endormir. À la fin de l'air, les notes se firent plus gaies et balancées. Un nouveau chant prenait place. C'était une amusante comptine, sur laquelle la mère et l'enfant, devenue petite fille, auraient joué, tournant en ronde, ou sautant à la marelle. Un troisième et dernier chant lui succéda. Une petite litanie pour occuper les soirées d'hiver. Sa mère l'aurait chantée pendant qu'elle peignait et tressait les cheveux de sa grande fille, ou lorsqu'elle lui brodait son trousseau.

Le dernier chant prit fin. Déjà, la silhouette lentement s'évanouissait. Bientôt, Mirella se trouva seule.

Elle regarda à ses pieds. La brume avait disparu. Sur le sol, à l'endroit où le fantôme s'était levé, une branchette était apparue, longue et blanche. Elle la ramassa. C'était un os. Il était doux et creux. Mirella le porta à ses lèvres pour le baiser. Elle laissa échapper un léger soupir, qui glissa dans l'embouchure de l'os. Une note vive retentit. Mirella quitta le cimetière en serrant l'os contre sa poitrine.

La matinée était déjà avancée quand elle arriva à Hamelin. Elle avait marché toute la nuit. Elle était recrue de fatigue. La veille, deux soldats se tenaient aux portes de la ville. Un seul montait la garde ce jour d'hui, et la peur se lisait sur son visage.

Mirella passa la courtine. Hamelin était morte et silencieuse. Et Mirella l'aimait ainsi. La mort n'était pas à craindre.

Elle retourna à la grange. Pan l'y attendait, en grand déconfort, rongé par l'inquiétude, prêt à sortir chercher le cadavre pestiféré de Mirella, en boitant dans les rues d'Hamelin. La jeune fille le rassura : il n'avait plus à avoir peur de la peste. Elle en faisait son affaire, et comptait bien la bouter hors de la ville une bonne fois pour toutes.

Chapitre XI
La jeune fille l'ombre encontra

Mirella dormit tout le jour suivant. Dès qu'elle se fut bien rebiscoulée et eut repris des forces, elle se cacha dans un coin de la grange. Elle resta de longues heures, accroupie, l'os et son petit couteau en main, affairée en une activité dont même Pan ne sut rien.

Puis elle noua la touaille qui servait d'ordinaire à cacher ses cheveux, et sortit de la grange, déterminée.

Elle partait à l'encontre de l'homme en noir.

Le soleil se couchait dans la ville en deuil. Elle arpenta les rues, le pied léger, l'œil attentif.

Elle espérait le voir venir. Surgir derrière lui. L'attaquer de dos, le surprendre. Au lieu de quoi, il saillit soudainement entre deux maisons, juste sous son nez. Elle sursauta, effrayée. L'homme jouait avec elle, comme un chat qui donne de petits coups de griffes à un moineau, en veillant bien à ne point l'achever de suite. Mirella fit un pas en arrière.

Mais seulement un.

Elle fléchit les jambes, redressa le menton, et l'envisagea hardiment. Elle était prête. Elle allait l'affronter. Mais comme elle ignorait tout de la manière d'entamer un duel, elle dit :

– Bien le bonjour, mon seigneur.

Il lui était difficile de se défaire de ses habitudes pliantes et polies, qui l'avaient toujours préservée des violences.

L'homme sourit. Les aimables façons de la donzelle lui plaisaient. Il répondit :

– Bonjour à vous.

Mirella s'étonna d'obtenir une réponse. Il ne lui était pas venu à l'idée que le démon pouvait parler.

– Êtes-vous le Diable ? demanda-t-elle d'une voix tremblante.

Peut-être aurait-elle dû emporter de l'eau bénite. L'homme en noir ricana avec mépris.

– Le Diable est une invention humaine, dit-il. Je suis la Peste, un des émissaires de la Mort.

Quoi faisant, il la salua en abaissant son chaperon.

Mirella sentit ses épaules se crisper. Elle allait

enfin voir la face de l'homme en noir. Elle ne devait pas crier. Même s'il lui fallait contempler les orbites vides d'un crâne souriant, ou quelque affreuse créature cornue, ou même une énorme tête de rat posée sur les épaules d'un humain.

Elle leva les yeux.

La Peste avait le visage d'un beau jeune homme.

Il était noir de peau, d'œil et de poil. Sa crêpe chevelure était coupée ras. Ses traits étaient réguliers et hardis. Sa prunelle de jais brillait d'un éclat amusé. Il dégageait une puissance et une assurance telles qu'elles dépassaient force humaine.

Mirella ne cria pas.

En effet, cette découverte lui ôta l'usance de la parole. Elle se sentait transie et stupide. Sans doute, il lui aurait été plus facile d'affronter un visage inhumain. Maintenant qu'elle avait un homme en face d'elle, elle n'osait plus se mouvoir.

Voilà qui était beau. Son adversaire allait l'attaquer, la soumettre, et elle finirait dévorée vive par une horde de rats.

– Vous me voyez parfaitement, n'est-ce pas ? demanda la Peste avec curiosité.

Mirella le voyait parfaitement. Elle distinguait parfaitement ses pommettes bien dessinées, apercevait parfaitement ses lèvres charnues, devinait parfaitement sa belle carrure sous son mantel.

– Oui. Vous êtes plus laid encore que je m'apensais, dit-elle.

L'homme éclata de rire, dévoilant des dents parfaitement blanches.

Il s'égayait beaucoup. Cette gueuse était bien bravette.

– C'est la première fois que j'encontre un humain capable de si nettement m'envisager. Pourtant, bien sachez que je ne suis point invisible ! Mais les hommes sont si trouillants de peur qu'ils préfèrent eux-mêmes se berner. Ils refusent de voir leur mort quand elle vient les saluer. Parfois, mais cela est rare, je croise des hommes éclairés, qui devinent ma présence. Alors que vous, vous osez me contempler bien en face. Vous n'êtes point effrayée.

Mirella était terrifiée jusqu'à la moelle de ses os.

Le démon semblait avoir envie de parler. Autant le laisser faire. Ce serait toujours un peu de temps de gagné.

Soudain l'homme se pencha sur elle sans prévenir. Avec une extrême vivacité, il tendit les paumes devers lui. Mirella vit une nuée bleutée jaillir dans sa direction. Des flammes fondaient sur elle.

Cachée sous ses haillons, dans son poing bien serré, elle tenait une flûte, taillée dans l'os de sa mère.

Mirella, d'instinct, brandit la flûte, la mit à sa bouche et souffla. Trois notes retentirent, hésitantes, un peu tremblantes. Par bonheur, l'homme en noir y était allé menuement, comme pour la tester. Les notes qu'elle joua dispersèrent les flammèches, avant qu'elles ne lui brûlent la face.

– Fascinant… murmura le démon, comme s'il venait de se livrer à une expérience fort intéressante.

Mirella garda la flûte sous son menton. Elle sentait que cette première attaque n'était qu'une mise en bouche, et que l'homme était capable de bien pire. Le démon s'inclina. Mirella prit une inspiration, prête à faire face à la seconde attaque. Il se releva. Mirella attendit l'assaut des flammes bleues.

– Je m'appelle Peest, dit l'homme. Enchanté de faire votre connaissance, ajouta-t-il avec déférence, comme si la démonstration de Mirella lui valait une introduction dans les formes.

Mirella resta un instant coite à l'idée que le démon avait un nom.

– La courtoisie voudrait que vous vous présentiez à votre tour, ajouta-t-il avec un souris.

Mirella sortit de son hébétude. Eh bien ! Elle allait s'introduire, si c'était ce qu'il voulait.

Elle se dressa sur la pointe des pieds. Elle prit sa flûte et joua les trois notes de son nom : mi, ré, la. Les notes volèrent fièrement autour d'elle. En même temps, elle sentit ses cheveux se dresser et onduler sous sa touaille.

– Enchanté, dit Peest.

Son doux souris avait disparu. Lui aussi pouvait jouer à ce jeu. Il se redressa, et il sembla à Mirella qu'il grandissait bien au-delà d'une taille humaine. Ses iris s'assombrirent. Les rats se massèrent autour de lui. Il étendit les bras.

Il claqua une fois des doigts. Clac.

Une vague de rats fonça sur Mirella. Tous ses réflexes lui criaient de partir en courant. Elle se força à rester sur place et mit la flûte à ses lèvres. Déjà les rats étaient sur elle. Elle sentit mille et une petites pattes qui griffaient ses mollets et remontaient jusqu'aux cuisses. Mirella souffla dans le bec de sa flûte. Les notes sortirent, flageolantes, un peu fausses. Une dizaine de rats, assommés par ce petit air timidement magique, tombèrent. Les autres poursuivirent leur ascension. Ils commencèrent à lacérer les tissus qui lui couvraient la taille et la poitrine.

Ils trouvèrent le cou, qu'ils mordirent de toutes parts. Ils arrivèrent au visage.

Peest surveillait attentivement la scène. Il attendait le moment où la jouvencelle céderait. Cela ne tarderait plus, maintenant. Bientôt, elle tomberait à genoux, pleurant et le suppliant de l'épargner. Elle plierait lorsqu'un rat lui emporterait un morceau d'oreille, ou quand ils approcheraient de ses yeux et chercheraient à ronger la paupière.

Mirella serra les dents. Elle se raidit, chassa des mains les rats qui grimpaient sur sa tête, et réussit enfin à tirer de sa flûte une note colérique, longue et pure, qui fit chuter en masse les rongeurs qui avaient grimpé sur son dos et ses épaules.

Peest était de plus en plus surpris. Il admira sa ténacité. Mais elle ne pouvait pas tenir indéfiniment. Il claqua deux fois des doigts. Clac clac.

Ce n'était plus une vague, mais une marée de rats qui fondit sur Mirella. Elle plia les jambes pour rester debout, prit une bonne goulée d'air et souffla dans sa flûte. L'onde atteignit le premier rang de rongeurs, qui s'écroula. Mais un deuxième rang sur-le-champ prit la relève.

Ses poumons la brûlaient. Les notes magiques qu'elle sortait de la flûte lui demandaient une énergie considérable. Il lui semblait avoir couru pendant des lieues. Les rats se remirent à affluer, lui écorniflant la peau. Elle tapa du pied pour les faire choir, donna des coups du plat de la main pour les repousser.

Elle n'abandonnait toujours pas. Peest attendait en vain ses supplications.

Il rappela les rats. Les rongeurs reculèrent et se postèrent derrière leur maître, le museau agité, attendant les instructions.

Mirella se tenait face à lui. La peau laiteuse de ses bras et jambes était lacérée de zébrures écarlates. Sa respiration était courte et saccadée. Sous son fichu déchiré s'échappaient des épis de cheveux rouges. Les mèches, collées contre sa nuque et ses épaules humides, dessinaient sur son corps de nouvelles stries sanglantes.

Peest la trouva ravissante.

Il se félicitait de l'avoir épargnée. Il aurait été dommage que ses rats lui arrachent un bout de nez. Et puis surtout, maintenant qu'il avait eu ce geste gracieux, la belle allait se jeter à ses pieds pour le remercier de sa clémence. Il la relèverait avec magnanimité, et peut-être qu'il en profiterait pour réclamer d'elle un petit quelque chose en remerciement. Il ne savait encore quoi, mais l'idée était bien plaisante.

Mirella resta debout sur ses jambes tremblantes. Elle aspira l'air pour calmer les battements de son cœur. Quand elle eut retrouvé un peu de souffle, elle l'envisagea et dit hardiment :

– Partez de ma ville.

Quelle outrecuidance ! À peine tenait-elle sur ses pieds, et voilà qu'elle l'ordonnait.

Mirella attentait de retrouver ses forces, de rassembler ses muscles, affolée par ce qui allait venir ensuite, mais tendue par la volonté d'y survivre.

– Drôlesse, dit Peest, tu as plus de cœur qu'un homme. Pour récompenser ta hardiesse, je te laisse la vie sauve.

Il sourit.

– En échange d'un baiser, ajouta-t-il.

Dans son cerveau primal, qui criait après sa survie, Mirella entendit qu'elle pouvait s'en tirer. Peest inclina courtoisement son visage vers elle. Ses yeux brillaient d'une lueur impertinente, comme s'il la mettait au défi d'approcher si près de lui. Mirella fit un pas en avant, et se retrouva juste sous son menton.

Elle mira sa mâchoire rasée de frais et ses lèvres légèrement courbées en un petit sourire moqueur. Mirella connaissait bien des jouvencelles dans Hamelin qui ne se seraient point fait prier pour lui tendre leur bouche.

Elle leva la tête. Ce n'était jamais qu'un baiser. Elle s'en sortait à bon compte. Voilà qui était bien moins malaisant que de se laisser pouitrer par Guerric ou le mendiant.

Soudain, Mirella sentit enfler la houle de son sang encoléré. Son corps, plus rapide que sa pensée, y répondit. Elle recula. En un instant, sa flûte était dans sa bouche. Ce geste fut si rapide que Peest ne vit rien venir. Mirella souffla une note tant déterminée que, dans sa puissance, elle balaya la poussière devant elle et obligea Peest à reculer d'un pas. Cette musique-là disait : « Non. »

Mirella s'arrêta, surprise elle-même de son geste. Une certitude s'imposa à son entendement. Le temps où elle se laissait faire était derrière elle. Elle ne ploierait plus. Elle ne céderait plus jamais une caresse ou un baiser en échange de sa survie.

Elle remit la flûte à sa bouche. Peest fronça les sourcils. Les rats claquèrent leurs petites dents, prêts à répondre à la prochaine attaque.

Mirella souffla dans sa flûte, mais bien doucement. Une petite note s'échappa, tendre et timide comme un premier baiser. La note voleta et, dans une ultime coquetterie, papillonna tout près de la joue de Peest, avant de s'élever dans l'air, loin du jeune homme. Cette musique-là disait : « Peut-être, plus tard. »

Peest vit le baiser s'envoler. Il n'eut pas le temps de le saisir avec la main, et le regretta fort. Sans parlementer plus outre, il inclina la tête. Il se piquait d'être courtois et ne pouvait que céder, devant une réponse si ferme et élégante.

Les rats se placèrent en haie d'honneur, ouvrant un passage à Mirella. La jeune fille, soulagée, émerveillée de sortir sauve de cette affaire, s'enfuit loin des rats et, surtout, de cet étrange jeune homme.

*
* *

Aux portes de la ville, le dernier soldat encore en vie ouït, venant de loin, des rires, des chants et des tostées. Chez les lépreux, c'était soir de fête. Dans la léproserie, la vie avait continué comme au temps de la salubrité. La peste ne s'était pas déclarée chez eux. Les lépreux vivaient en autonomie depuis des années : peu leur chalait que les portes d'Hamelin soient désormais closes. Ils vivaient chichement, mais sans souffrir de la famine.

La seule nouveauté était les visiteurs.

Régulièrement, un habitant d'Hamelin venait toquer aux portes de la léproserie, demandant l'hospitalité. Car ceux qui, en ville, étaient encore bien portants, doutaient de le rester bien longtemps. Il ne leur avait point échappé qu'on ne voyait aucun rongeur aux abords de la léproserie. Et comme, des deux maux, la lèpre était moins rapide à emporter le malade dans la tombe, soudain ce fléau leur avait semblé bien doux à côté de la peste, qui faisait mourir en quelques jours dans de grands pâtiments. Aussi, nombreux étaient ceux qui attentaient leur chance. Ils apportaient avec eux leurs richesses, en échange du logis.

Les lépreux, respectueux des lois qui interdisaient tout contact entre eux et le reste du monde, gardaient leurs huis et fenestrous bien cadenassés.

*
* *

Mirella ne quitta pas la grange pendant quelques jours. Guerric se tenait dans un coin, l'air piteux et mal allant. Il suait et s'escumait à grandes eaux. Le porteur n'était pas bien portant. Ses compains l'évitaient. Il les apostropha, très en fâcherie.

– Qu'est-ce que ces messes basses et ces regards en coin ? Je suis échauffé, voilà tout !

Ses camarades ne semblèrent point rassurés. Tout le monde était nerveux. L'un d'entre eux, déjà, avait été emporté. Les porteurs avaient jeté la paille sur laquelle il avait dormi. Maintenant, ils craignaient que Guerric n'ait attrapé le Mal. Mais aucun d'eux n'osait le chasser.

Mirella fomentait un plan. Son encontre avec Peest avait mis au jour une évidence : elle était bien moins forte que lui. Elle ne pouvait l'affronter frontalement. Elle devait lui tendre un piège.

Elle s'assit devers la grange et contempla la ville, déserte et pestilentielle. Peest aimait s'y promener. Il ne sortait pas seulement pour tuer : il arpentait les rues désolées, comme le seigneur en son château. Hamelin était devenue son terrain de jeu. Impossible de l'y surprendre. Pour le prendre à revers, Mirella devait l'attirer dans ses filets. Elle s'apensa du mieux qu'elle pouvait. Comment attirer le démon ? Qu'aimait-il ? La nuit, le noir, les rats, le silence. Mirella soupçonnait aussi qu'il appréciait le travail bien fait, et que les cérémonies funéraires, avec leurs gestes calmes, précis, mesurés, devaient être pour lui comme des fêtes en son honneur, belles et apaisantes.

Elle revit son malin souris. À quoi ne pourrait-il jamais résister ?

Soudain, Mirella trouva la réponse. Elle se leva, prit les seaux et partit en ville.

Chapitre XII
Dans une église elle le retrouva

Le prêtre s'éveilla en sursaut. Il quitta prudemment sa chambrette dans le presbytère. L'église était fermée depuis des semaines. Pour le salut d'Hamelin, le prêtre avait entamé une retraite spirituelle. Bien à l'abri derrière les épais murs de pierre, il priait pour les habitants.

Or, ce soir, il avait ouï d'inquiétants bruits en provenance de la nef. Il sortit en tapinois, brandissant devers lui son crucifix et récitant une prière contre le Diable.

Il entra dans l'église par la petite chapelle. Plus d'une centaine d'habitants se pressaient dans la nef. Qu'avaient-ils à faire céans ? Ce n'était point l'heure de dire la messe ! Le prêtre, fort courroux, allait les renvoyer chez eux, quand la première toux retentit. Il se cacha derrière un pilier et regarda plus attentivement.

Un rayon de lune passa à travers les vitraux. Le prêtre aperçut des visages émaciés, des corps maigres et dolents, des bras tachetés de noir, des cous enflés de bubons.

Son église était emplie de tous les pesteux d'Hamelin.

Dans l'après-midi, Mirella avait porté de l'eau en ville. À chaque maison qui lui ouvrait, elle avait annoncé qu'une messe de minuit serait donnée pour les malades. Tout ce qu'Hamelin comptait d'égrotant, de mourant, de mal allant, s'était traîné hors de son lit jusque dans l'église.

Maintenant ils se tenaient là, tremblant sur leurs jambes débiles, attendant avec espoir que débute cette cérémonie salvatrice.

Aucun cierge n'était allumé. Les rayons de lune blafards qui passaient à travers les vitraux plongeaient l'église dans une lueur fantasmagorique. Nul ne parlait. Seuls les toussements et raclements de gorge troublaient le silence nocturne.

À son tour, Mirella passa secrètement la porte de l'église. Elle longea les bas-côtés. Les douze coups de minuit sonnèrent. Les pesteux, tendus par l'attente, cessèrent leurs expectorations.

Dans la dramatique quiétude de l'église, Mirella prit sa flûte, et entama un air. Ouït-on jamais mélodie plus entraînante ? Impossible de l'écouter sans avoir envie de battre le pied. Sous les grandes voûtes, les notes se répercutaient en écho, gagnaient en volume, si bien qu'on aurait juré que tout un orchestre vous invitait à la danse.

Le languide gaillard qui se trouvait le plus près de Mirella céda à l'envoûtement et se mit à sautiller. Plus contagieux encore que les miasmes de la peste était son déhanchement ! Son voisin esquissa les pas d'une gigue. Bientôt, tous les pesteux tressautaient en beau quadrille, emportés par la musique.

Des couples de danseurs se formèrent. De nobles dames prirent par le bras des vilains qui labouraient les terres de leurs époux. Des grabataires tremblants de fièvres confluentes, emmitouflés dans leurs drapels, jetèrent bas leurs défroques, pour s'ébattre plus librement.

Tous les pesteux dansaient la giguedouille en bel ensemble. La lune illuminait leurs membres décharnés. Ils agitaient frénétiquement leurs bras et jambes rétrécis jusqu'à l'os.

Mirella resta bien cachée. Elle n'eut pas longtemps à attendre. Peest, attiré par la noise qu'il se faisait en l'église, passa à travers l'un des murs de la chapelle. Il s'arrêta pour contempler le spectacle, fasciné.

Cette danse macabre ne pouvait manquer de le séduire. C'était pour lui que Mirella avait orchestré cette mise en scène. Et, de fait, le jeune homme mirait avidement la volte des pesteux, le sourire aux lèvres.

Mirella répéta la mélodie plusieurs fois dans sa tête, comme on remonte le mécanisme d'une boîte à musique. Elle prit une inspiration et souffla toute son énergie dans la dernière mesure. Puis elle éloigna la flûte de ses lèvres. L'air magique continuait de résonner sous la coupole de l'église. Les notes rebondissaient entre les voûtes. Les pesteux gambillaient à qui mieux mieux. La fête battait son plein. Elle avait le champ libre.

La porteuse longea les travées en prenant soin de marcher dans les zones d'ombre. Elle faisait de prodigieux efforts pour ne point être aperçue. Elle découvrit qu'en inspirant d'une certaine manière, lentement, par le ventre, elle pouvait assourdir complètement le bruit de ses pas.

Grâce à ce subterfuge, elle réussit à approcher Peest de très près, sans qu'il l'entende. Elle se glissa dans son dos en tapinois. Peut-être était-ce à cause de l'air guilleret qui retentissait toujours dans l'église : Mirella ne sentait point la peur, et s'égayait presque à frôler si prochement l'ennemi.

Elle avait maintenant le nez entre les omoplates du jeune homme. Il ne fleurait point le cadavre ou la maladie. Il n'avait pas même l'odeur de sueur et de sale, qui était la seule qu'elle connût aux hommes d'Hamelin. Mirella dut admettre que Peest fleurait bon. Il sentait les épines de sapin et le foin sec.

Pour ne rien rater du spectacle, ce dernier avait baissé son chaperon. Délicatement, Mirella se haussa sur la pointe des pieds, et posa le bout de sa flûte juste derrière l'oreille du jeune homme, contre le crâne. Si l'on tapote cette zone, le son rebondit à l'intérieur de la cervelle. De si près, Peest ne pourrait jamais parer.

Mirella se prépara à souffler une mélodie dévastatrice. Mais quand elle mit la flûte à sa bouche, elle se surprit à inspirer, en lieu d'expirer. Aucun son ne sortit donc de sa flûte.

Mais quelque chose y entra. Mirella inspira un souvenir.

Comme dans la chambre où Lottchen était morte, la jeune fille vit une scène apparaître sous ses yeux.

C'est une procession. Des créatures se massent en foule pour admirer les dignitaires, qui défilent les uns derrière les autres. Comme à Hamelin, ils se succèdent selon leur prestige.

Primement vient le Destin : l'artisan ultime ouvre la file. Son profil est flou, fuyant. On discerne à peine les lignes de son long mantel flottant à l'entour. Sa silhouette se camoufle, mais sa voix, elle, fait flageoler la foule. Quand son timbre sifflant enfle et fulmine, tous fléchissent et plient la nuque, espérant éviter la flèche.

Deuzement suit l'Imprévu heureux, flanqué de tous ses émissaires : la Chance, la Rencontre, la Coïncidence, la Bonne Fortune, le Bon Mot, et autres turlupins, tous braves bougres à bedondaine. Ils se dandinent dans leurs culottes colorées, et leurs bobines potelées se bidonnent.

Tiercement advient la Mort, fière, noire, sans parures ni atours, fort austère en sa vêture. Son corps sans chair est blafard, et sa figure, dure.

Quartement arrivent les émissaires de la Mort : les Épidémies, Maladies, Meurtres et Accidents de toutes sortes. Tous ont un visage humain et un air d'importance. Peest est le plus jeune d'entre eux, et le plus sûr de lui. Il avance à leur tête, calme, sans se donner d'air. Il est majestueux, ainsi paré de flammes bleutées qui illuminent son beau visage nuitel. Mirella ne peut s'empêcher de reconnaître qu'il a noble allure.

Sur son passage, la foule frémit. La populace des bas étages de ce monde se presse pour l'admirer. Eux n'ont qu'une faible aura, cinq sens seulement. Ils envient le jeune homme, tendent la main pour le frôler, puis la rentrent pressément, craignant de se brûler.

L'image se brouilla.

Mirella, grisée, inspira à nouveau et cueillit un souvenir plus récent.

Peest marche dans les rues d'Hamelin. Il aime à se promener dans cette ville qu'il refaçonne peu à peu, en y semant la mort. Mais ce soir, il est penseux et préoccupé. Cela est grave, car ainsi il ne fait pas bonne besogne. Son esprit est troublé par une jouvencelle à la bouche aussi rouge que ses cheveux, avec qui il vient d'échanger quelques mots. Ce petit morceau d'humain, qui lui arrive à l'épaule, lui a tenu tête. Il sent encore sur sa joue l'idée d'un baiser, qu'elle lui a refusé.

Il erre dans la ville et maugré lui se rapproche de la grange, où il la sait réfugiée. Devant cette masure si fragile, il est tenté de balayer toute notion de galanterie. Après tout, il est le plus puissant. Mais il se recompose : il n'est pas un goujat.

Cependant, il passe le mur de la grange. Épuisée par leur entrevue, Mirella dort profondément, un petit garçon niché contre son dos. Elle ne se réveille pas quand il s'approche d'elle. Il ne la dérangera pas. Il veut juste l'observer de plus près. Il a l'habitude de se promener ainsi parmi les humains, sans que ceux-ci se sachent envisagés.

Il fait quelques pas, mais se tient à bonne distance, pour ne point l'éveiller. Il reste longtemps ainsi plongé en sa contemplation.

Au moment où il se décide à repartir, un léger bruit retentit. Il se retourne. Un des dormeurs s'est levé. C'est Guerric. Peest reconnaît le gaillard : icelui traîne dans sa ville et lui détrousse ses morts.

Sans faire noise, Guerric farfouille autour de la couche de Mirella. Que veut-il ? Guerric lui-même l'ignore. Mais le porteur flaire un bon coup. Mirella a disparu un jour et une nuit. Elle est rentrée en cachant quelque objet contre son sein. Depuis, elle traficote dans son coin. Nul doute qu'elle a pillé une maison et trouvé un objet de grande valeur.

Si Guerric savait que la jeune fille cache avec grand soin une flûte en os, il ne se donnerait point tant de peine.

Le porteur grimpe à hauteur de la mangeoire. Ni Mirella, vidée de son énergie, ni Pan, encore en convalescence, ne s'éveillent. Guerric cherche des yeux l'objet caché. Il aperçoit la jambe dénudée de Mirella. La blancheur de la peau luit dans le noir. Son regard remonte jusqu'en haut de la cuisse. Soudain, toute idée de vol quitte son esprit. Des pensements bien plus noirs prennent la place.

Peest sent la colère lui retourner le sang. Guerric se prépare à agir.

Peest ne choisit pas qui doit mourir. Ce n'est pas son rôle. Mais il peut quelque peu forcer les lignes de la destinée, si fortement il le désire. Jusqu'à présent, il s'y est toujours refusé, pour ce qu'il y a des conséquences à agir ainsi. Ce jour d'hui, il n'hésite guère. Il sort un rat de sa poche et lui caresse le dos. Le rat, diligent, saute à terre.

Guerric est prêt. Il mettra un genou sur la poitrine de Mirella pour l'immobiliser, une main sur sa bouche pour l'empêcher de crier.

L'enfant estropié n'a pas intérêt à s'en mêler. Guerric se penche.

Le rat se faufile jusqu'à sa cheville et le mord au sang.

Le porteur sent les petites dents s'enfoncer dans sa chair. Il saute à terre, court au premier seau pour baigner la plaie. Le seau est vide. Il furète partout dans la grange, point ne trouve d'eau. De désespoir, il sort son coutel. Il plante la lame dans sa cheville et se met à entamer les chairs, arrachant des lambeaux de peau à l'endroit où le rongeur a mordu. Il se mutile en silence, retenant ses cris. Personne ne doit savoir qu'il est peut-être contaminé, ou il sera chassé.

Peest sourit. Ces efforts sont inutiles. Avant de quitter la grange, il passe une main protectrice sur le front de la jeune fille et lui caresse les cheveux.

Mirella revint à l'instant présent. Dans l'église, elle chancela, étourdie, et retrouva l'équilibre juste avant de frôler Peest. Les souvenirs qu'elle venait de lui voler ne laissaient pas de la troubler. Elle recula sans bruit faire.

Peest se retourna avec une vitesse impressionnante. D'une main, il saisit la jeune fille par le cou. De l'autre, il attrapa sa flûte. Il serra. Dans un craquement atroce, l'os se brisa. La flûte tomba en miettes à ses pieds.

La musique s'arrêta. Le charme était rompu.

Les pesteux cessèrent de gambiller. Ils se regardèrent, malengroins, faibles et perdus. Lentement, ils quittèrent l'église pour rejoindre leurs lits. Le prêtre, persuadé que le Diable avait pris possession des lieux, s'était dès les premières notes enfermé dans un confessionnal.

Mirella se retrouva seule dans l'église, dans la poigne de Peest. Ce dernier lui enserrait la nuque. Elle commençait à étouffer. Elle n'avait plus d'arme, et doutait que Dieu lui vienne en aide.

Chapitre XIII
Un lien se noua

– Merci.

Mirella avait jeté le mot devers elle, dans un ultime tentement pour contrer l'attaque qui fondait sur elle. Il était à peine passé entre sa gorge. Peest, pris de court, desserra légèrement son étreinte, sans toutefois la lâcher.

– Me demandez-vous merci ? Vous réclamez pitié ? dit-il.

Les yeux de Mirella s'allumèrent d'un brillement farouche.

– Non, répondit-elle, plus jamais je ne supplierai. Je vous remercie. Je vous sais gré d'avoir arrêté Guerric, dans la grange, la nuit où il s'apprêtait à me forcer.

Peest considéra la jouvencelle.

– Et comment avez-vous eu vent de cette affaire ? demanda-t-il.

Mirella déglutit. Le plus difficile était loin d'être passé. Elle avoua ce qu'elle avait fait et vu.

Peest écouta. Tant était-il surpris des capacités de cette garcelette, qu'il en oublia de s'offusquer. Il ne frayait pas avec les humains, qu'il déprisait fort. Dans son monde, seuls quelques émissaires de rang inférieur daignaient parfois encontrer les mortels. Lui-même refusait de commercer avec ces bateleurs, ces diseurs de bonne fortune, ces aventuriers qui se prétendaient savants ou magiciens. Ce n'étaient que menuaille, fanfarons et tranche-montagnes, hommes qui croyaient beaucoup savoir, et qui ne voyaient ni n'entendaient rien au monde de l'au-delà.

Cette fille-là était différente. Jamais il n'avait encontré un être humain aussi capable, femme qui plus est. Il desserra encore sa poigne.

Mirella vit que Peest s'était calmé.

– Lâchez-moi donc, dit-elle.

Peest la regarda. Quand elle parlait, les vibrations de sa voix frémissaient contre sa paume. Le fin cou de Mirella tenait tout entier entre ses doigts. Il trouva fort émeuvant d'avoir dans les mains ce bout de corps, tant délicat et palpitant. Peest laissa à regret retomber son bras.

Libérée, Mirella s'agenouilla et ramassa les morcels de sa flûte brisée. La jeune fille savait désormais que rien n'est jamais tout à fait perdu. Elle entonna la chanson en trois temps que lui avait chantée sa mère. L'os se ressouda, et la flûte se reforma, intacte. Peest mira cette opération avec grande admiration.

Elle se releva. Elle se tint face à Peest, hardiment, la flûte à portée de main, prête à se battre.

Peest sourit. Il acceptait le défi. Il claqua des doigts. Dans l'église, mille et un couinements retentirent. Mirella baissa les yeux, étonnée de ne voir aucun rat.

Une bestiole lui tomba sur la tête, emportant dans sa chute un morceau du fichu et une mèche de ses cheveux. Mirella leva le nez. La voûte de l'église se mit à onduler.

Les rongeurs s'étaient massés au pied des statues de saints qui ornaient les murailles. Mirella se tenait juste sous la robe de pierre de saint Outrille*. Depuis la statue, une averse de rats lui tomba dessus.

* Saint patron des bourreaux et des conteurs d'historiettes pour enfants.

Sans languir, la jeune fille souffla puissamment dans sa flûte. Une note claire retentit, qui produisit une onde de choc autour d'elle. Les rats furent propulsés contre les murs et les colonnes. Ils churent mollement, comme un paquet de fourrure.

Mirella se tourna vers Peest, bien décidée à lui envoyer dans la face une note de musique semblable à celle qu'elle venait d'employer contre les rats. Las ! Le petit sourire satisfait qu'il lui décocha fit couler le cœur de la jeune fille. Elle eut la certitude qu'il pouvait sans mal déjouer le coup.

Or elle était à bout de forces. La danse macabre, la réparation de la flûte et cette dernière note l'avaient épuisée. Pourtant Dieu sait que Mirella était dure au mal. Elle était capable de forcer son corps, faire taire la douleur dans ses muscles et ses poumons pour porter le dernier seau d'eau. À cette heure elle sentait, au tremblement de ses membres, au feu dans sa poitrine, au voile qui par moments brouillait sa vue, qu'elle avait poussé sa carcasse plus loin que jamais. Si elle lançait une nouvelle attaque frontale, elle craignait de choir et ne plus se relever.

Il lui fallait user de ruse et non de force. Mirella fantasia un nouvel air, moins puissant. Les notes s'envolèrent, tournoyantes et irrésistibles. Mirella avait imaginé un bel envoûtement. Si elle ne pouvait repousser Peest, du moins espérait-elle que ces notes troubleraient sa cervelle.

Peest regarda cette nouvelle mélodie venir à lui. Diantre ! Il n'y avait pas à dire, la péronnelle avait des ressources. Mais il n'était pas né de la dernière pluie. Dès que les notes s'approchèrent trop près, il s'enveloppa d'un nuage de flammes bleues. Les sons s'éteignirent dans un petit grésillement aigu. Le cœur de Mirella sombra. Peest, lui, s'égayait grandement.

Le démon s'avança vers elle. Mirella fléchit ses jambes tremblantes, tendit ses muscles harassés.

Le jeune homme passa devant elle et alla s'asseoir sur un des bancs installés devers l'autel. Nonchalamment, il étendit les bras sur le dossier, posa ses bottes sur l'agenouilloir, et lui décocha un souris.

– Vous m'avez volé deux souvenirs, dit-il. Vous m'en devez donc deux des vôtres.

Contrairement au baiser, cette demande parut juste à Mirella. Elle se demanda quoi lui raconter. Il fallait occuper Peest, et survivre à cet échange. Elle prit place sur le banc, laissant entre eux une distance rassurante.

– Je m'en vais vous conter mes deux premiers chants, dit-elle.

Elle ferma les yeux et repensa à ses jeunes années. Ce n'étaient pas que de plaisants souvenirs. Elle avait eu souvent froid et faim. Mais alors, elle avait cette force qu'ont les enfants, qui aiment à jouer et à rire même dans la plus grande adversité.

– J'étais une enfant trouvée, j'ai grandi à l'hospice. Trois fois par jour, les nonnes nous faisaient chanter les antiennes de matines, laudes et vêpres. C'étaient des chants psalmodiés, très monotones. Un jour, à l'office de laudes, je devais avoir six ans, je m'apensais combien ces mélodies étaient mélancolieuses et répétitives. Quel dommage ! Car dans l'église nos voix d'enfants résonnaient si bien... Je me suis mise à moduler le chant, seule, doucement. J'ai rêvé à une ronde joyeuse, loin de la froide église. Mon voisin de chœur a suivi ma voix. Et peu à peu, sans que je l'aie voulu, tous les enfants trouvés se sont mis à chanter sous ma dictée. Et comme nous chantions ! Nous nous laissions porter par la musique. Nos voix s'accordaient en bel ensemble. Nous avions oublié à quel point nous aurions bien eu besoin de la caresse d'une mère, nous nous étions enfuis de ce triste refuge où les nonnes nous traitaient si chichement.

Le visage de Mirella s'assombrit.

– Nous avons été interrompus par le cri de rage de la mère supérieure. Elle a rué vers nous, brandissant un crucifix dont elle nous a donné des coups sur le crâne. Plus tard, elle a prétendu avoir vu nos cheveux se dresser sur nos têtes et nos pieds se soulever du sol. Nous croyant possédés, les nonnes ont tout fait pour bouter le Malin hors de nos petits corps. Dans les sous-sols de l'hospice, il y a dix in pace. Ce sont des petites cellules de punition, tellement étroites qu'on n'y tient pas debout. En hiver, un fond d'eau y croupit. Chaque enfant y fut enfermé, chacun à son tour. Trois jours, accroupis sans pouvoir se relever, les pieds dans l'eau glacée, sans nourriture. Après ça, nous n'avons plus jamais dévié des psaumes, et les autres enfants ont cessé de m'adresser la parole.

– Quel gâchis, dit Peest entre ses dents.

Mirella marqua une pause.

– La deuxième fois que j'ai inventé un chant, continua-t-elle, j'avais huit ans. Je venais de prendre la fonction de porteuse d'eau. J'ai cru que je n'y survivrais pas. C'était mon dixième jour à courir partout en ville avec les seaux. Tant mes membres tremblaient que j'ai chu à terre. Je ne pouvais plus me relever. Mais je ne voulais pas mourir. Alors j'ai chanté. J'ai cherché au fond de moi une mélodie qui me donnerait du cœur, et m'aiderait à tenir. L'eau s'est mise à clapoter en rythme, les seaux étaient moins lourds. J'ai pu les soulever et me remettre en marche. Voilà, conclut-elle. Cela fait deux souvenirs. Nous sommes quittes.

Peest avait écouté très attentivement. À son grand dam, Mirella se sentit flattée. Elle était prête à lui raconter tout le reste de sa vie s'il en faisait requête. Elle secoua la tête pour chasser cette envie.

– J'aime beaucoup le chant du fossoyeur, dit Peest. Je l'ai ouï plusieurs fois comme je me promenais en ville. Il aide à libérer les larmes et apaiser les cœurs.

Mirella rougit de fierté.

– J'en inventerai un pour vous, si vous voulez, dit-elle.

La jeune fille regretta aussitôt sa parole. Que lui prenait-il ? Elle était là, assise sur un banc, à converser familièrement avec la Peste. Et voilà, en prime, qu'elle promettait de lui faire des cadeaux. Le visage de Peest s'enlumina d'un beau sourire franc.

– Ce serait un honneur, dit-il.

Il tourna la tête, comme si quelqu'un l'avait appelé. Des feux follets bleutés étaient apparus près de la porte de l'église. Ils dessinaient un chemin vers l'extérieur.

– Je dois vous laisser, j'ai encore du travail, ajouta Peest en se levant.

Il s'inclina devant Mirella et quitta l'église, suivant la lueur bleutée.

Mirella, encore tout ébaubie et tourneboulée, resta à sa place.

Point ne vit-elle que Peest, avant que de partir, s'arrêta dans la travée. Son regard avait été attiré par une chose rouge et brillante au sol. Il ramassa la mèche de cheveux de Mirella, que le tout premier rat avait sectionnée. Il la prit entre ses doigts. Dans sa paume, une flammèche bleue apparut. Les cheveux se tressèrent et s'enroulèrent autour de son poignet. Il quitta l'église avec ce trophée.

Chapitre XIV
Le joueur de flûte envoûta les rats

Il était fort matinet quand, dans les rues silencieuses d'Hamelin, une mélodie retentit.

Les survivants puisaient dans leurs dernières forces. Ils n'avaient pas vu la lumière du soleil depuis une éternité. Ils rationnaient l'eau, se nourrissaient chichement de mets souillés par les déjections des rats, contents encore d'avoir quelque chose à rogner. Du matin au soir, ils guettaient l'arrivée de la mort.

La musique qui résonna soudain dans les rues portait un espoir, tant est qu'à la fin moult habitants eurent le courage d'ouvrir leurs auvents pour regarder qui jouait.

De prime, le soleil les éblouit. Puis ils le virent.

Un homme arpentait la ville. À la drôle de calotte qu'il portait sur le chef, d'aucuns reconnurent l'étranger qui avait fait tapage sur la grand-place à son arrivée et qui, plus tard, s'était livré à de mystérieuses opérations pour tuer les rats.

Avec sa flûte, l'homme jouait une entêtante bluette, tout en avançant d'un pas dansant. Mais là n'était pas le plus émerveillable. Par les saints Dieux ! À sa suite venait une marée de rats. Les bêtes ne trottaient pas en tous sens comme lorsqu'on les débusque de leur cachette. Elles avançaient à petits pas réguliers, en cadence. Plus l'étranger jouait et avançait, et plus il en venait de partout. Derrière lui, les rues étaient recouvertes d'un tapis noir et velu.

Les habitants d'Hamelin sentirent l'espoir les secouer. L'étranger allait les sauver. Il conduisait les rats hors de la ville.

Et, en effet, l'étranger continua sa route, passa devers le garde, tout à plein étonné, et alla jusqu'à la Weser. Il entra dans l'eau jusqu'à mi-cuisses. Les rats le suivirent aveuglément. Tous plongèrent dans la rivière.

Contrairement aux hommes, les rats savent nager. Mais les flots de la Weser étaient tumultueux. La plupart des rongeurs furent avalés par les remous. Les quelques-uns qui survécurent furent emportés bien loin.

L'étranger cessa de jouer. Il revint sur la berge et s'assit. Il s'assura que nul n'était présent alentour. Quand il fut certain d'être seul, il ôta son chapeau, et une vague de cheveux écarlates en tomba.

Mirella était lasse, mais satisfaite. Elle avait passé deux jours entiers à parfaire cette mélodie envoûtante. Tantôt, elle s'était glissée dans l'auberge et avait toqué à la porte de Gastun.

Le jeune homme était resté enfermé plusieurs jours durant. Il évitait avec soin de passer devant la chambre close de Lottchen, où pourrissait le corps de l'alberguière. Quand il avait faim, il se servait à manger dans l'office, où il restait quelques denrées. Les rats étaient revenus dans la ville bien plus rapidement qu'il ne croyait possible. Gastun n'avait pas peur. Mais son instinct l'alertait. La ville était malsaine. Il sentait que le pire était encore à venir.

Il avait été fort surpris de trouver Mirella devers la porte de sa chambre. Un frisson l'avait parcouru : la jouvencelle avait encore changé. Elle s'était transformée. Mais il n'avait pas eu le temps de creuser cette question. Soudain, elle avait porté une flûte à sa bouche et s'était mise à jouer.

Mirella avait convoqué une de ces ritournelles qui restent à tourner pendant des heures dans la cervelle, sans qu'on puisse s'en défaire. Dès les premières notes, les yeux de Gastun s'étaient voilés. Il était charmé, et prêt à faire tout ce que Mirella lui demandait.

D'une vrille, Mirella lui avait ordonné de se dévêtir. Gastun avait obéi avec un enthousiasme qui lui faisait honneur. Quand il eut ôté sa vêture, Mirella avait soufflé une note aiguë et brutale, qui fut pour le jeune homme comme un coup à l'arrière du crâne. Il était tombé en pâmoison. Mirella avait enfilé son habit. En ce masculin équipage, elle avait mené les rats hors d'Hamelin.

Au bord de la Weser, Mirella se releva, ajusta son chapeau et revint lentement vers le bourg. Dès qu'elle mit les pieds dans Hamelin, elle eut la surprise d'être acclamée. Les habitants se penchaient aux fenestrous, criaient hourras et mercis à s'en faire éclater les poumons. Mirella rentra les épaules. Après des semaines de silence, les manifestations de joie des habitants sonnaient à son oreille comme un grondement déplaisant et violent. Plus lui plaisait la quiétude de la ville déserte. La musique qu'elle avait jouée l'avait grandement fatiguée. Elle était pressée de se réfugier au calme pour prendre du repos.

Mirella baissa le nez. Un coup de vent fit tanguer son chapeau, et une mèche de cheveux rouges s'en échappa. Elle se recoiffa prestement. Elle avait choisi cet affublement pour ne point attirer l'attention sur elle. Se faire remarquer est toujours dangereux. Elle pressa le pas, sans s'apercevoir que Guerric, caché dans un renfoncement entre deux maisons, tremblant de fièvre, l'avait vue passer. Il avait ouvert de grands yeux ronds en la reconnaissant.

Enfin, Mirella arriva à l'auberge. Dans sa chambre, Gastun était encore évanoui. Mirella se changea et le laissa là. Il avait un souris béat, et se réveillerait sans doute persuadé qu'il venait de vivre un moment magique en sa compagnie.

Hamelin était débarrassée des rats. C'était une première victoire contre Peest. Mirella n'avait pas gagné la guerre, mais elle emportait cette bataille.

*
* *

Les habitants d'Hamelin étaient aussi prompts à paniquer qu'à reprendre confiance. Mirella avait à peine rejoint la grange que la ville bruissait d'une frénétique animation. La musique de la jeune fille n'avait pas seulement chassé les rats : elle avait secoué les peureux, et maintenant tous tendaient avec bonheur leurs pâles faces aux rayons du soleil. Avec un joyeux zèle, on ouvrait les auvents, on aérait les draps, on époussetait, on sortait les morts.

Seul le bourgmestre n'avait point encore paru. Et pour cause : il devait une large somme à un certain joueur de flûte.

Mirella s'allongea et s'endormit. Elle ne se réveilla qu'en fin de journée. Elle s'étira, heureuse d'être en vie et d'avoir repris des forces. Pan veillait sur elle. Lui aussi était en bonne forme. Son visage reposé, et de bonne couleur, faisait plaisir à voir.

– Où est le reste de la troupe ? demanda Mirella, étonnée de trouver la grange vide.

Pan lui tendit du pain, que Mirella avala avidement.

– En ville, répondit l'enfant. Tout le monde a repris sa besogne.

Mirella sortit devers la grange.

Et, en effet, comme si aucun malheur ne l'avait jamais saisie, Hamelin avait retrouvé son animation. Les rues grouillaient de monde. On s'apostrophait pour savoir qui était encore en vie et qui était mort. On marchandait âprement : qui avait encore un peu de viande séchée l'échangeait à prix fort, ravi de faire des affaires sur le dos d'un bourgeois bien garni en pécunes, qui salivait sur le moindre morceau après des semaines de privations.

Mirella frissonna. La ville était loin d'être sauvée. Peest rôdait toujours. Et toute cette agitation risquait fort de lui déplaire.

La jeune fille plissa les yeux à la recherche des petites flammes bleues. Elle n'en vit point. En revanche, sur le seuil de la grange, quelque chose attira son attention. Elle s'accroupit. Une énorme rose avait été déposée là. Ses pétales étaient noirs, avec des reflets bleutés. Mirella s'en saisit prudemment. À peine l'avait-elle touchée que les pétales tombèrent en poussière. Comme des spores, les miasmes s'épanouirent dans l'air du soir. Le nuage noir s'éleva et prit forme. Il dessina un paysage : Mirella reconnut les portes de la ville et le soleil qui se couchait dans l'ouverture de la courtine.

Peest venait de lui donner rendez-vous, à l'entrée d'Hamelin, au coucher du soleil.

Mirella s'assit à même le sol. Cette prochaine encontre lui donnait bien du tracassin. Et pourtant, au fond d'elle-même, elle se réjouissait d'y aller. L'envie de revoir l'étrange démon, le défi et le désir d'en découdre, la faisaient vibrer.

Tant était-elle plongée en ces pensements qu'elle

ne vit pas venir Gastun. Le jeune homme s'inclina devers elle.

À son réveil, Gastun avait trouvé la ville en fébrile agitation. Curieux d'en comprendre les raisons, il était sorti de l'auberge. C'est alors que, partout sur son passage, il avait été fêté en héros. Chemin faisant, Gastun avait recomposé les pièces du puzzle et eut le temps de méditer un plan.

La drôlesse avait des talents qui dépassaient son entendement. Or c'était une pauvre garce sans la moindre possession. Elle était bien naïve, ne connaissant rien du monde. Et elle était seule. Gastun s'en frottait les mains. Il avait trouvé une perle rare.

Non loin, un autre quidam attentait lui aussi de tirer son épingle du jeu. Guerric, pris d'un délire maladif, rôdait autour de la grange, tourmenté par la vision de Mirella portant l'affublement de l'étranger et jouant d'une flûte magique. Le porteur d'eau était à bout. Des fièvres méphitiques brûlaient ses organes et brouillaient sa cervelle.

Gastun s'inclina devant Mirella. Il lui parla à la franche marguerite, sans barguigner.

– Bien le bonjour, ma damoiselle, dit-il. Grâce à vous, me voilà salué dans tout Hamelin. Il y a là occasion à ne point manquer. Associons-nous.

Guerric, toujours caché, tendit l'oreille.

– Réclamons ses pécunes au vil bourgmestre et partons ensemble avec l'argent, qui vous revient autant qu'à moi, continua Gastun.

Bien sûr, le premier mouvement du jeune homme avait été de profiter de la crédulité des habitants d'Hamelin, et d'aller lui-même quérir l'argent dû. Mais il lui était venu à l'idée que, si Mirella acceptait de le suivre, grâce aux talents de la jouvencelle, ils pourraient gagner plus encore, partout ailleurs dans le Saint Empire. En outre, Gastun se méfiait du bourgmestre et s'attendait à un nouveau refus. Or Mirella, d'un coup de flûte, saurait sans doute le convaincre de délier sa bourse.

– Quarante mille florins, lui rappela Gastun.

Oyant cette somme, Guerric crut défaillir.

Mirella resta un temps rêveuse. Jamais elle n'aurait espéré tenir tant d'argent entre ses mains. Elle pouvait fuir avant le coucher du soleil. Elle emmènerait Pan avec elle.

Mais si Peest venait à la poursuivre hors d'Hamelin ? Et que faisaient à cette heure les jumelles orphelines ? Mirella espéra qu'elles étaient restées cachées chez elles.

Elle avait provoqué Peest. Leur rendez-vous du

soir lui donnait bien du martel, mais elle savait qu'elle irait. Elle devait poursuivre ce qu'elle avait entamé.

– Non, dit-elle à Gastun. Je ne puis venir avec vous. Agissez comme bon vous semble. J'ai à faire de mon côté.

C'était entre elle et Peest, maintenant. Elle ne se laisserait pas faire. Il était venu dans sa ville, et elle l'en chasserait.

– Mirella, commença Gastun, vous ne savez pas ce que vous dites. Écoutez-moi donc. Le bourgmestre…

Le jeune homme ne put finir sa harangue. Les cloches du beffroi sonnèrent à toute volée. Mirella, étonnée, regarda vers la grand-place. Pan sortit de la grange.

La populace, alertée par la cloche, se pressa devers l'estrade. Le bourgmestre sortit. Les rats ayant quitté la ville, il avait retiré son armure.

– Bonnes gens, je me réjouis de vous voir autour de moi, pour ce que vous êtes ceux qui ont réussi à survivre au fléau qui s'est abattu sur notre ville, dit-il.

Mirella, sans savoir pourquoi, sentit son angoisse monter. Le bourgmestre préparait un mauvais tour, elle n'en doutait point.

– Je vous convoque ce jour d'hui, car je viens d'apprendre une terrible nouvelle, continua-t-il.

Les habitants, encore secoués par les affreuses semaines qu'ils venaient de vivre, chuchotèrent anxieusement entre eux.

– Las ! Pendant plus d'un mois, le Mal s'est acharné sur nous. Or je sais désormais qui était la coupable.

Quoi oyant, Mirella sentit ses boyaux se tordre, comme si l'étau se resserrait autour d'elle. Elle aperçut Guerric, en retrait, près de la maison du bourgmestre. Elle comprit.

Aussitôt, elle bondit et détala loin de la grand-place. Trop tard. Deux gardes fondirent sur elle.

– Elle vient de se reconnaître ! Elle tente de fuir ! Ne laissez pas s'échapper la sorcière ! cria le bourgmestre.

La foule s'approcha pour mieux voir. On ne comprenait point ce qu'il se passait. Le bourgmestre expliqua que la porteuse avait, au moyen de sorcerie et potions, répandu la peste dans la ville. On écouta avec incrédulité. Mirella, entre les gardes, se débattait. Un des habitants, la reconnaissant, fit observer :

– C'est la seule qui a continué à nous porter de l'eau.

Et comme il ne pouvait concevoir un tel acte de générosité, il ajouta :

– Elle cherchait donc à nous empoisonner !

Soudain, tout était clair. La sorcière avait causé ce mal, et l'étranger les en avait débarrassés. Les habitants d'Hamelin aimaient les vérités simples. Il leur semblait fort naturel que leurs malheurs proviennent d'une gueuse, et qu'un homme soit leur sauveur.

Pan et Gastun voulurent élever la voix, mais déjà la populace s'emportait et n'écoutait plus. Après s'être terrés si longtemps, en tel épouvantement, les habitants avaient besoin de lâcher leur bride. Ils avaient tant perdu, et si fort tremblé ! Maintenant la colère les soulevait. Le bourgmestre contemplait leur fureur qui enflait, en chef d'orchestre satisfait de sa gouverne.

La populace se mit à crier pouilles et mort. Une milliasse d'injures tomba sur Mirella. La peur, la vieille peur d'être brûlée sur le bûcher, lui cisailla le cerveau. Lorsqu'elle sentit les chaînes contre ses poignets, elle se ressaisit et voulut contrester. Mais déjà ses pieds étaient liés. Sa flûte était bien cachée, roulée dans le surcot boueux, dans la grange. Elle était impuissante.

Mirella ferma les yeux, sonnée par la force des hurlades. Les habitants huchaient à gueule déployée. La haine leur jaillissait des yeux, et le venin des lèvres. Ils la huaient à s'en craquer les bronches. Les gardes eurent du mal à se frayer un chemin jusqu'à la prison sans que leur prisonnière fût réduite en charpie.

Pour Mirella, ce fut presque un soulagement quand elle fut jetée dans le cul-de-basse-fosse pénombreux et humide. Les autres cachots étaient vides. La porte se referma sur elle.

Le bourgmestre se retira, très satisfait. Avant d'entrer dans sa demeure, il donna une bonne tape sur l'épaule de Guerric. Icelui, jaloux et effrayé, venait de dénoncer Mirella. Au moins, ainsi, était-il sûr que la drôlesse n'empocherait pas les quarante mille florins dont il l'avait entendue parler. Il espérait que, pour avoir fait assavoir au bourgmestre que le joueur de flûte était en fait Mirella déguisée, il obtiendrait une récompense en monnaies sonnantes et trébuchantes.

Le bourgmestre se frotta fourbement les mains. Tout était pour le mieux. La vie revenait à Hamelin. Il était vivant et sain. Il avait preuve que l'étranger n'était pour rien dans la dératisation, si bien qu'il pouvait se dispenser de le payer. En prime, il venait de trouver une sorcière à brûler. Voilà qui concluait admirablement les terribles semaines que la ville avait endurées. On dresserait un beau bûcher. Les habitants retrouveraient fiance en leur bourgmestre et bonne joie de vivre.

Une seule ombre venait ternir ce tableau. Le bourreau avait été emporté par la maladie. Il n'y avait plus personne pour garder les geôles et faire parler la prisonnière. Le bourgmestre se tourna vers Guerric, qui restait devers son pignon comme s'il attendait quelque chose. Il lui tendit les clés de la prison et lui dit :

– Jeune homme, je vous nomme bourreau de la ville. Félicitations, c'est une belle promotion.

*
* *

Au coucher du soleil, Peest se rendit aux portes d'Hamelin. Il était impatient et plus agité qu'il n'avait été depuis longtemps. Certes, la jouvencelle venait d'occire tous ses rats. Pourtant peu lui chalait cette petite provocation. Il était même étrangement fier de Mirella. Quelle adversaire de taille ! Et si mignotte ! Il se sentait un furieux tendre pour cette galopine. Jamais la vie ne lui avait semblé aussi goûteuse.

Il attendit. Longuement. La lune était depuis longtemps montée dans le ciel, quand il comprit qu'elle ne viendrait point. La rage le saisit. Il lui fallait évacuer sa colère. Il la retrouverait. Sans doute, il la tuerait. Et, en chemin, il se débarrasserait des autres. Beaucoup allaient mourir ce soir.

Chapitre XV
Une sorcière s'éveilla

Pan passa une bien mauvaise nuitée. Dès la pique du jour, il quitta la grange en boitillant. La ville était à nouveau très calme : Pan l'ignorait encore, mais un habitant sur deux allait s'éveiller à côté d'un cadavre, ce matin.

L'enfant s'approcha de la prison. Guerric le refoula dès l'entrée. Le gaillard suait abondamment, et Pan aperçut une tache noire sur son cou. Le garcelet n'insista point et préféra s'éloigner.

Il poussa jusqu'à l'auberge, où il finit par déloger Gastun.

– Que me veux-tu ? lui demanda Gastun.

– Je vous prie de m'aider, dit Pan. Nous devons faire sortir Mirella de prison.

Gastun avait pensé fuir. Mais il ne pouvait se

résoudre à laisser derrière lui deux bénéfices considérables : Mirella et l'argent. Il était bien décidé à ne pas s'en aller sans emporter au moins un des deux.

– Cela est entendu, dit Gastun. J'ai une idée.

*
* *

Le bourgmestre fut réveillé par les cris et émeuvements qui fusaient des maisons alentour. Il comprit que la peste était revenue. Il entrouvrit la fenêtre au pignon de sa demeure, pour s'assurer que les gardes étaient à leur poste, à la porte. Ce qu'il vit fit dresser sa maigre chevelure.

Les deux gardes se tordaient le ventre et remuaient le croupion, saisis par le mal. Le bourgmestre leur cria de rentrer chez eux. Il ferma la croisée et la porte de sa chambre.

Il n'avait pas vu que Pan venait de porter de l'eau aux soldats, et ne pouvait bien sûr point se douter que Gastun y avait glissé une poudre de sa composition, assez peu dangereuse, mais très efficace pour donner la courante, sitôt gloutie.

Le bourgmestre était seul en sa chambre : sa dame était morte il y avait peu, silencieusement et sans faire d'histoires. Il se glissa dans son lit, tira les rideaux et, maugré la chaleur, ramena les draps autour de lui. Son coffret empli d'or était à son côté dans le lit, à la place où s'allongeait autrefois son épouse. Le bourgmestre dormait un bras passé autour de son or.

Avec horreur, il s'aperçut qu'il avait laissé son armure dans la grande salle, où elle trônait habituellement.

Soudain, il ouït un petitime vibrement. Un bruit de bois qu'on ronge, menu menu. La quiétude revint. Le bourgmestre écarta un pan de son baldaquin. Une nuée de petites bêtes noires envahit la chambre. Elles se ruaient partout en piaillant. Le bourgmestre bondit hors de son lit et s'enfuit.

Jamais n'aurait-il deviné que Gastun et Pan, en l'absence des gardes, s'étaient introduits chez lui. Gastun, qui savait tout faire ou presque, avait forcé l'huis. Ils étaient montés devant la chambre du bourgmestre, s'étaient accroupis devers la porte et, avec un petit coutel bien effilé, avaient fait une entaille dans le bas de la porte. C'était le petit bruit qui avait alerté le bourgmestre. Par cette ouverture, ils avaient lâché les rats, que Pan tenait à disposition dans un panier fermé.

Enfin, la vérité est que pour réussir leur plan, ils avaient cherché en vain des rats dans tout Hamelin.

Ils n'en avaient pas trouvé un seul, Mirella les ayant tous occis. Mais Gastun avait de la ressource. Il s'était introduit dans une ferme laissée à l'abandon après le décès de ses habitants. Les poules, livrées à elles-mêmes, avaient couvé leurs œufs. Des nichées de poussins s'égayaient dans la basse-cour. Sous le regard admiratif de Pan, Gastun les avait soigneusement passés au charbon avant de les enfermer dans un panier, et s'était exclamé, très satisfait :

– Et voilà nos rats !

Le bourgmestre, dans son effroi, s'y était trompé.

Oyant le bourgmestre crier et s'enfuir, Gastun n'avait plus eu qu'à forcer cette seconde serrure. Ils pénétrèrent dans la chambre.

Pan s'arrêta, impressionné par les tapisseries d'un luxe émerveillable, osant à peine poser les yeux sur les richesses qui l'entouraient. Il se recomposa et chercha le bourgmestre, afin de reprendre à ce dernier la clé des cachots, et libérer Mirella.

Gastun, pour sa part, ouvrit les courtines et trouva le coffre posé sur le lit.

Pan avisa une seconde porte. Elle donnait sur un escalier dérobé, par où le bourgmestre s'était enfui. Il descendit en clopinant quelques marches, ne vit personne. Il revint prévenir Gastun. Le temps qu'il remonte les marches avec sa jambe malade, l'étranger avait disparu.

*
* *

Gastun traversait la grande rue d'un bon pas, le coffre sous le bras et le cœur battant.

Au diable Mirella ! Forcer les prisons pour libérer la garce semblait bien aventureux. Un tiens vaut mieux que deux tu l'auras. Gastun venait de faire fortune, et il se dépêchait de fuir la ville.

Il arriva à la grand-porte. L'unique garde qui tenait le guet ne l'inquiétait guère.

Soudain, une ombre surgit devant lui. Gastun eut une telle peur, qu'il sentit ses boyaux s'écrouler, et crut qu'il allait se vider par le fondement. La créature qui lui faisait face n'était point humaine. Il ne pouvait en distinguer les contours, mais il était terrifié par la puissance brute qui s'en dégageait. Et sa colère. Cet être bruissait d'une rage à peine contenue.

L'homme en noir fondit sur lui. Gastun comprit qu'il allait mourir. La dernière chose qu'il vit fut une mèche de cheveux rouges et brillants.

– Mirella, murmura-t-il en fermant les yeux.

La rafale s'arrêta.

Gastun sentit le flot, prêt à déferler sur lui, dévier et passer au-dessus de sa tête. Le démon venait de l'épargner. Il entrevit une très mince chance. Il devait se concentrer. Dans son cerveau ennuagé par la peur, les faits se mirent en place. C'était le nom de Mirella qui avait arrêté la créature. Et si Gastun venait de le prononcer, presque maugré lui, c'était parce que l'être démoniaque avait autour du poignet une mèche des cheveux de la jeune fille. Comment cela était possible, Gastun ne le concevait pas, mais son instinct de survie lui commanda de balbutier :

– Je sais où se trouve Mirella.

Le démon semblait écouter.

– Laissez-moi aller, et je vous dirai où elle est, osa Gastun d'une voix tremblante.

Lentement, l'homme en noir s'écarta. Gastun s'ébahit. Voilà qu'il communiquait avec cette créature infernale ! Il fit quelques pas prudents sur le côté.

– Elle est en prison, dit-il. Sous le beffroi. Dans un cachot souterrain.

Il sembla à Gastun que la silhouette tournait la tête vers le bourg.

Il en profita pour s'ensauver.

Mais comme il passait la porte, l'or qu'il serrait contre lui se mit à peser plus lourd. Il devina que le démon était sur lui et tirait espièglement sur le coffret. Il eut un tel épouvantement qu'il lâcha tout et se rua vers la grand-porte.

Peest regarda le drôle fuir hors d'Hamelin. Il ramassa le coffre, et se dirigea tranquillement vers la prison. Il en avait assez de jouer. Ce soir, il séduirait cette garce étrange qui le tourmentait. Il la ferait sienne, ou il la tuerait.

*
* *

Mirella était accroupie, pieds et fesses dans la fange boueuse de sa cellule. Ses bras impuissants ballaient le long de son corps. Ses yeux fixaient les barreaux. La rage la faisait frémir de pied en cap, comprimait ses muscles, mais même cette fureur ne pouvait faire fléchir les lourds barreaux de fer.

Toute la nuit, elle avait tendu l'oreille. Au petit matin, les cris avaient retenti. Elle devinait le carnage dans Hamelin, suite à son rendez-vous manqué avec Peest. Elle ne doutait pas qu'il la trouverait bientôt céans. Il viendrait se venger. Et elle n'avait rien pour se défendre.

Le félon Guerric s'approcha des barreaux.

– Sorcière ! cracha-t-il. Bien ai-je toujours su qu'il fallait se défier de toi. Tu fricotais avec les lépreux. Et voilà que maintenant tu nous joues des tours et sorceries ! Je tirerai de toi tous les aveux.

Il s'approcha des instruments de torture.

Mirella resta accroupie, jambes pliées sous elle, attentive. Elle ne perdait pas Guerric des yeux, tandis qu'il soupesait les pinces et les scies. Oh, comme elle souhaitait qu'il approche ! Qu'il ouvre la cellule pour l'amener dans la salle de torture ! Elle serait prête, alors. Elle lui bondirait dessus, et gare à lui. Le jeune homme reposa la pince. D'une main, il s'appuya à la table. Mirella vit son bras qui tremblait. Guerric luttait contre l'avancée de la maladie. Il attentait de masquer ses moments de faiblesse. Dans l'ombre de son cachot, Mirella sourit.

Un pas se fit entendre dans les escaliers. Guerric se redressa et essuya prestement son front moite. Mirella se tendit un peu plus encore.

Pan arriva en bas des escaliers, essoufflé et suant. Il portait deux gros seaux d'eau. Sa jambe blessée l'élançait.

– Guerric, je porte de l'eau à Mirella, dit-il. Il fait si chaud. Tu peux en prendre toi aussi.

Guerric donna du pied dans l'un des seaux. L'eau se répandit à terre.

– Elle ne boit pas, la sorcière ! s'exclama-t-il.

Pan prit un air entendu.

– J'opine pourtant que tu en auras besoin, dit-il avec un clin d'œil cruel.

– Tu as bien mal apensé, dit Guerric.

– Sans doute n'ai-je point compris, continua Pan. Le bourgmestre avait parlé d'une torture à l'eau.

La prunelle de Guerric s'enlumina.

La question à l'eau est une belle invention du Moyen Âge. Le bourreau faisait gouler à sa victime moult litrons, en la gavant par un entonnoir, jusqu'à ce que son abdomen enfle tant qu'il risque d'exploser.

L'idée était séduisante, surtout pour faire parler une porteuse d'eau. Pan vit que Guerric était tout à plein intéressé.

– Tu vas avoir besoin de plus d'eau, n'est-ce pas ? dit-il.

– Oui-da, répondit Guerric. Quiers-moi encore au moins cinq seaux.

Il n'y avait point de tonneau dans les oubliettes. L'enfant laissa là le premier seau plein. Il disparut et revint avec deux autres seaux, qu'il déposa. Il repartit à nouveau.

Mirella le regardait faire, sans dévier son attention. L'enfant se dépêchait, maugré sa patte folle. Guerric, en attendant, s'était assis dans un coin. Il s'efforçait de maintenir une apparence fiante et sûre de lui, mais sa tête dodelinait. Il luttait contre de fréquents évanouissements.

Enfin, Pan apporta les derniers seaux.

Il prit soin de déposer le cinquième près des barreaux de la cellule. Il tança Mirella d'un regard appuyé, avant de filer en boitillant.

Mirella s'approcha de la grille, un œil sur Guerric.

Icelui s'éveilla en sursaut. Voyant la jeune fille debout près des barreaux, il attrapa une petite hache et son trousseau de clés. Sans languir, Mirella passa un bras à travers les barreaux, plongea la main dans le seau. Elle tâta le fond et referma les doigts sur sa flûte. Pan l'avait trouvée dans la mangeoire, et cachée dans le dernier seau.

Mirella mit la flûte à sa bouche. De prime, elle poussa une bonne soufflée dans l'embouchure, pour en chasser les gouttelettes. Un son puissant et humide retentit.

Guerric s'arrêta, saisi d'effroi, les paupières étrécies et les yeux révulsés.

Mirella entama un petit air méchant et pointu,

où suait toute sa colère. Elle joua une mélodie sauvage qui vous forçait à danser sans que vous en ayez envie. Guerric, tremblant, lâcha sa hache. Il sentit ses pieds qui s'agitaient bien maugré lui. Ses genoux plièrent et s'entrechoquèrent. Il lui semblait que son corps était scié en deux au niveau de la taille. Ses jambes ne lui obéissaient plus. Elles gambillaient frénétiquement. Le haut de son corps était entraîné dans cette volte, sans qu'il puisse le moindrement contrester.

Mirella continua de jouer. La prunelle de ses yeux noircit. La cadence des notes s'accéléra. Et de même les gambettes du porteur allèrent de plus en plus vite. Guerric tressautait, tout sueux. Sa poitrine se soulevait, cherchant en vain son souffle. En tel pâtiment était son corps dolent et malaisant, ainsi forcé à la danse, qu'il vomit sur lui.

Mirella le regardait danser. Elle vit qu'elle pourrait le faire aller jusqu'à ce qu'il meure d'épuisement. Un frisson de dégoût la secoua. Elle conclut la mélodie d'une note puissante, semblable à celle dont elle avait assommé Gastun avant de le dévêtir. Guerric tomba au sol, pâmé. Le silence revint. Mirella s'appuya contre les barreaux et se passa un peu d'eau sur le front.

Peu de temps après, elle ouït le petit pas de Pan. L'enfant s'avança vers sa cellule et lui sourit. Elle sourit en retour. Il s'approcha du corps de Guerric. En prenant garde à ne point toucher la peau noircie du porteur, il saisit la clé du cachot. Il libéra Mirella.

La jeune fille prit l'enfant par la main. Avant de sortir, elle eut un dernier regard vers Guerric, se demandant si elle devait l'achever. La peau du jeune homme frémissait sous les élans de fièvres aiguës. Les bubons commençaient à pointer. Il trépasserait bientôt, sans son aide. Elle laissa derrière elle le pestiféré, et sortit des prisons.

Mirella cligna les yeux, éblouie par les rayons du soleil. Elle rit d'avoir quitté sa cellule humide et noire.

Son rire mourut dans sa gorge.

Une garde entière de soldats était postée en rangs sur la grand-place.

Le bourgmestre avait osé retourner dans sa chambre après la fatale attaque de rats-poussins. Il avait trouvé les verrous cassés et, surtout, son coffre enlevé. Ce vol avait ranimé son courage et sa fureur. Une maléfique mélodie à la flûte était montée des prisons, assourdie par la distance. Les mains sur les oreilles, le bourgmestre avait sur-le-champ sonné le tocsin, pour faire venir à son secours tout ce qu'il restait de soldats dans Hamelin. Iceux s'étaient massés devers la prison, attendant que sorte Mirella. Tant pis pour la belle pendaison : le bourgmestre préférait occire maintenant la sorcière.

– Sus ! cria-t-il aux soldats depuis sa fenêtre. Tuez-la !

Mirella serra sa flûte. Dans l'église, elle avait réussi à subjuguer tous les pesteux. Mais iceux étaient affaiblis par la maladie. L'écho des grandes voûtes avait aidé sa musique à résonner dans leurs poitrines. Et puis, léger était l'enchantement dont Mirella avait charmé leurs oreilles : s'ils l'avaient fortement souhaité, ils auraient cessé de danser. Ces hommes-ci étaient forts, et armés. Elle lisait la peur et la résolution sur leurs faces. Ils ne se laisseraient point dompter. Face à tant d'hommes, elle était impuissante.

Elle se plaça devant Pan. Les soldats dégainèrent leur épée et se jetèrent sur elle.

Soudain, de belliqueux criements retentirent depuis une ruelle adjacente. Un groupe d'hommes, armés de fourches, de bâtons et autres manches à balai, s'interposa.

Ces nouveaux venus avaient le corps enrubanné de bandelettes. Dans leur troupe, on comptait vingt têtes environ, mais seulement cent vingt-cinq doigts.

Les lépreux et lépreuses avaient accouru en nombre à la rescousse de Mirella. L'un d'eux la prit par les épaules et l'entraîna à l'abri, avec Pan. Le reste des malades se plaça en rangs, face aux soldats, prêt à se battre.

– Laissez aller la porteuse d'eau, cria le chef des lépreux, et nous ne vous ferons pas de mal. Ainsi, chacun repartira de son côté, sans coup férir.

Les soldats éclatèrent de rire.

Ils étaient répartis en deux bataillons d'infanterie de quinze hommes chacun, disposés en quadrilatère. Les lépreux, comme nous avons dit, étaient une vingtaine.

Les soldats portaient un heaume qui protégeait leur front, un corselet bien propre à dévier les lames et des cuissards défendant leurs jambes. Ils brandirent fièrement leur épée. En face, les lépreux avaient ce qu'ils avaient glané en chemin dans les maisons vides d'Hamelin : vieux coutels de cuisine, bâtons, pioches et pelles, qu'ils serraient dans leurs mains mangées par la gangrène.

Le capitaine d'infanterie cria un ordre. Les soldats se mirent en position d'attaque, cuisses fléchies, pieds solidement plantés dans le sol, bras fermement tendus devers eux. Les lépreux, eux, tenaient debout en tremblant sur leurs membres rongés par la maladie, ou se soutenaient les uns contre les autres pour ne point choir.

L'issue de la bataille ne faisait aucun doute.

À ce moment-là, les lépreux, en chœur, clamèrent leur chant. Il était modelé sur celui qu'avait inventé pour eux Mirella. De nouveaux couplets avaient été ajoutés pour en faire un chant de guerre.

Le chant de guerre des lépreux

Nous
Nous sommes
Nous sommes laids
Nous sommes lépreux
Nous sommes les preux sires.

Nous
Nous sommes
Nous sommes bas
Nous sommes battants.

Nous
Nous sommes
Nous sommes mal
Nous sommes malins
Nous sommes malintentionnés.

Nous
Nous sommes
Nous sommes gueux
Nous sommes guéris
Nous sommes guerriers !

Les lépreux redressèrent fièrement leurs corps mutilés, et il sembla qu'ils se tenaient un peu plus solidement debout.

Pourtant, même après avoir fini leur chant, les lépreux ne bougèrent pas. Le capitaine d'infanterie s'étonna. Qu'attendaient-ils ?

Soudain, un lépreux dressa la tête, humant l'air. Il fit un signe à ses camarades.

Une bise légère venait enfin de se lever.

Les lépreux étaient placés dos au vent. Une bourrasque souffla. Les malades soulevèrent leurs bras, agitèrent le feston de leurs robes, défirent leurs bandelettes, exposant leurs chairs pelées et blanchâtres, leurs plaies suintantes. Ils soufflèrent, crachèrent, postillonnèrent. Tant firent-ils pour s'exposer, que les soldats crurent voir les germes de la lèpre qui fondaient sur eux, portés par la bise. Ils avaient appris à affronter le fer, à ne point craindre la morsure d'une épée, la pique d'une hallebarde. C'étaient là des coups qu'ils savaient parer, des blessures qu'on pouvait refermer. Mais comment faire face à un vent chargé des miasmes de la lèpre, qui s'infiltre dans vos pores pour vous contaminer ?

Au premier rang, les soldats placèrent leurs mains devant la bouche, cette partie de leur visage n'étant point protégée par leur heaume. L'un d'eux se mit à tousser. Aussitôt, ce ne fut que tumulte, débandade et hourvari. Pêle-mêle et se bousculant, les soldats se replièrent dans la rue qui menait à la grand-place.

C'est là que les attendait le reste de la léproserie.

Ils étaient plus de cinquante : hommes et femmes, jeunes et vieux, tous étaient venus. Ils profitèrent de l'effet de surprise et fondirent sur les soldats.

Leur tactique était simple : le lépreux le plus mal allant, celui qui avait les membres rognés et la peau en loques, sautait sur l'ennemi et se frottait contre lui. Le soldat, terrifié par ce contact infectieux, était alors déjà plus mort que vif. À ce moment-là, un second lépreux se faufilait par-derrière et se chargeait de l'achever, en le bâtonnant du mieux possible.

Les deux armées se choquèrent roidement.

D'aucuns soldats se démenèrent comme de beaux diables. Ils parvinrent à molester quelques lépreux, leur riflant le cuir de la pointe de leur épée, ou concassant leurs faibles membres. Mais les lépreux semblaient déchaînés. Ils pochèrent les yeux des soldats, leur fendirent les mandibules, leur enfoncèrent le fondement à coups de bâton. Bientôt, l'armée fut mise en vauderoute.

Les lépreux poussèrent un cri de victoire. Ils rejoignirent Mirella, encore toute sonnée et ébaubie, et fort surprise d'avoir été par eux sauvée.

Le lépreux avec qui elle avait par deux fois conversé s'approcha d'elle. Il lui tendit la couronne de leur reine.

– Notre reine est morte. Avant de trépasser, elle nous a révélé ce qu'elle savait. Vous avez sauvé la ville des rats. Vous êtes très puissante. Je vous en prie, dit-il en s'agenouillant et tendant la couronne au-dessus de lui, nous avons besoin de vous. Nous remettons notre sort entre vos mains.

Mirella agrandit les yeux, en grande doutance d'accepter tel honneur. Elle connaissait mal les lépreux et n'appartenait point à leur caste. Voyant sa mésaise, le lépreux ajouta :

– Nous savons que la peste est loin d'avoir fini son carnage. J'ai un fils dans Hamelin qui, j'espère, est encore en vie. Je ne peux rien faire pour l'aider. Mais vous, vous pouvez encore sauver les habitants. Et nous ferons tout ce qu'il faut pour vous y aider.

Mirella opina. La Fortune venait de tourner sa roue. Il était temps pour elle d'emprunter ce nouveau chemin. Elle laissait sans regret son ancienne vie derrière elle. Elle ignorait où la mènerait cette nouvelle route. Pour l'heure, il fallait avancer. Justement, elle avait deux jambes solides, et un rendez-vous manqué à honorer.

Dans la grange, Mirella prit le surcot que lui avait offert feu la reine des lépreux. Pan le récura de sa boue, jusqu'à ce que la couleur en soit éclatante. Au soleil, le vêtement sécha prestement. Pendant ce temps, la jeune fille fit sa toilette, se lava de la poussière, de la boue, de la sueur et des crachats des habitants d'Hamelin.

Elle ôta les guenilles qui lui serraient la poitrine, et enfila le surcot de belle étoffe, d'un vert mirifique. Elle jeta ses haillons, y compris les linges qui couvraient ses cheveux. Sur sa tête, elle posa la frêle couronne. L'or brillait, étincelant, entre ses cheveux rougeoyants. Mirella n'avait point de miroir pour s'admirer, mais elle se sentit belle et fière, dans sa tenue de sorcière éclatante de couleurs. Elle était prête à affronter Peest.

Chapitre XVI
Et s'en alla

La nuit était tombée. Mirella prit la tête du cortège. Elle se mit en route en musique. Elle joua une mélodie joyeuse, une turlutaine qui célébrait sa force et sa liberté. Tout en avançant, la flûte au bec, elle se mit à danser.

De prime, elle dansa par-devers le logis du bourgmestre. Icelui était caché en sa chambre, déconfit et trouillant de peur, depuis qu'il avait assisté à la défaite de ses soldats. Mirella, en dansant, mima une courbette, singea une révérence. Elle partit dans une volte espiègle, qui contrefaisait à ravir les pas et mines empesés du notable.

Elle s'éloigna de la riche demeure et arriva devant la prison. Là, elle s'élança en une contredanse légère, sauta si haut qu'il sembla qu'elle allait s'envoler. Ses pieds menus battaient le sol en de si rapides claquettes, que nul ne pourrait plus jamais l'attraper.

Elle prit la rue principale, l'Hauptstraße. Les lépreux suivaient à bonne distance et sans faire de noise. Pan était avec eux. Mirella passa devers l'échoppe dans laquelle le manant au pied bot avait pris refuge, profitant de ce que la mort avait vidé cette demeure. Elle dansa sous ses fenêtres et, bien qu'elle eût toujours la flûte aux lèvres, elle eut l'adresse de lui tirer la langue et de lui faire un pied de nez.

Puis elle passa devers l'église. Le prêtre était terré dans la sacristie, tant effrayé qu'il en oubliait de prier. Mirella courut au centre du parvis, où elle fit tournoyer son beau surcot, si vite que le tissu se souleva au-dessus de ses genoux. Elle bondit, une jambe en avant, lançant vers la façade de l'église sa cuisse dénudée. Elle atterrit souplement et continua de danser, roulant les hanches, et se piquant d'un petit coup de croupe coquin et provocant en direction des statues de saints et saintes.

Ainsi traversa-t-elle la ville. Peest venait à son encontre en sens inverse, depuis la grand-porte. Ils se rejoignirent.

Peest était de méchante humeur. En voyant arriver Mirella, si joyante, flûte au bec et pied bondissant, tel un petit fifre, sa colère redoubla. Il devait lui faire assavoir à quel point il était rageant d'avoir tant attendu.

Sans prévenir, il étendit les bras et fit fondre sur la jeune femme une nuée de flammes bleues méphitiques. Les lépreux, qui étaient au bout de la rue, reculèrent. Mirella s'arrêta calmement. Elle souffla trois notes de bienvenue dans sa flûte. Les flammes se dissipèrent au contact de la musique.

Peest sourit, déjà calmé. Il s'approcha jusqu'à ce que le bout de ses bottes touche les pieds nus de la donzelle, à la fin de voir si elle reculerait. Elle le laissa venir à lui.

– Je vous ai attendue, dit-il.

– J'ai eu quelques traverses, répondit Mirella.

– Rien de grave, je l'espère, dit Peest galamment.

– On m'a mise en prison.

Et elle qui, jusqu'à présent, s'était voulue forte et gaie, ne put s'empêcher de frémir et de sentir ses tripes se nouer, en se ramentevant les hurlades et cris haineux de la populace. Peest était penchée sur elle, et l'envisageait attentivement. Il vit passer cet éclair de souffrance sur son visage. En dansant, la couronne de Mirella avait glissé. Peest, doucement, la remit d'aplomb. Il lui passa la main dans les cheveux, en un geste d'apaisement. Mirella ferma les yeux, pour ne point se laisser aller à l'émeuvement.

– Ces gueux qui vous ont conspuée, nombre d'entre eux sont morts la nuit dernière, dit-il.

– C'est bien, dit Mirella.

Peest eut un frisson de joie. Personne n'appréciait son travail. Et voilà qu'une jeune fille l'approuvait.

Il inclina vers elle son visage. Mirella se demanda s'il allait l'embrasser. Elle se sentit soulevée de l'intérieur, comme si le jeune homme lui avait joué un air de sa composition. Elle eut bien envie de fermer les yeux et se laisser porter. Pourtant, à l'instant où leurs lèvres allaient se frôler, en un ultime geste de protection, elle porta sa flûte à la bouche.

Peest ne se laissa pas déconfir. Sans interrompre son geste, il souffla sur le bout de la flûte. Il fit cela très doucement, comme s'il lui avait donné un baiser par flûte interposée.

Son souffle ne produisit aucun son. Mais l'air entra depuis la flûte jusqu'à la bouche de Mirella, et fit naître une image devant ses yeux. Peest venait de lui offrir un nouveau souvenir.

Mirella voit Peest enfant.

C'est un marmouset chétif, aux grands yeux éveillés

qui lui mangent la moitié de la face, à la chevelure sauvage et broussailleuse. Il est vêtu de guenilles presque aussi noires que sa peau. Il semble à Mirella une autre version de Pan, plus têtue et rageuse. Il dort sur une maigre paillasse, parmi une nichée de frères et sœurs. Il est le dernier-né de la fratrie, et celui qui a le plus de peine à grappiller quelque pitance aux repas familiaux.

Une nuit, dans la pauvre masure où loge toute la famille, un démon traverse le mur. C'est un autre émissaire de la Mort. Lui n'est pas suivi par des rats : c'est le semeur du choléra-morbus. L'homme emporte les âmes de la famille, une à une. Il s'approche de Peest. L'enfant est assoupi. Ou plutôt, il prétend dormir. À l'instant où le démon se penche sur lui, il bondit de sa litière, sort le coutel qu'il gardait caché sous sa chemise et le plante dans le cœur de la créature, le geste ferme et le regard défiant. L'émissaire se redresse, émerveillé par cet enfantelet qui a autant de cœur qu'un homme. Il tire le coutel hors de son parpal. Il n'est aucunement navré. Le démon sourit. Il prend l'enfant dans ses bras et l'emporte.

Mirella revint à l'instant présent. Voilà donc comment Peest était devenu un émissaire de la Mort. Certainement, le semeur de choléra, impressionné par la précocité de cet enfant, en avait fait son apprenti, et lui avait descellé les arcanes de son art diabolique. Jadis, Peest avait été humain, enfant et crève-la-faim.

– Je crois que maintenant vous m'entendrez, dit Peest. Je vous vois marcher vers moi à fière et fendante allure. Vous voilà en bel appareil, le front hardi et couronné. Dans votre mâle braverie, vous êtes décidée à m'occire. Mettons que vous y parveniez, ce dont je doute fort.

Il accompagna cette remarque d'un sourire carnassier, qui fit couler un frisson dans la nuque de Mirella.

– À l'instant où vous m'aurez tué, un autre prendra ma place. Et un jour, il reviendra à Hamelin. Car je suis dans l'ordre des choses. Je ne choisis pas qui va mourir. Je participe seulement à l'immuable mécanique du monde. La Fortune aux yeux bandés disperse au hasard les germes de la maladie. D'aucuns sont touchés, et n'y survivent pas. Alors j'interviens. Je me contente de récolter les âmes.

– Et Guerric ? demanda Mirella. Vous l'avez infecté.

Un petit souris quinaud, exempt de tout remords véritable, enlumina le visage de Peest.

– Oui-da, si vraiment je le veux, je puis me donner la peine de contaminer une personne saine. Mais bien rarement y cède. Il est plus sage de suivre la grande ordonnance du monde.

Mirella repensa à la procession qu'elle avait aperçue dans le tout premier souvenir de Peest. Elle sut qu'il disait vrai. Se battre contre Peest était aussi vain que d'empêcher l'eau de la Weser de couler. Mirella ne pouvait pas changer le sens dans lequel tournait le monde. Elle abaissa sa flûte. Elle se sentait soudain perdue et sans but.

– Vous voilà toute piteuse et comme désoccupée, lui dit Peest. Mais que vous chalait donc le sort de ce bourg ? Pourquoi vous battre pour des habitants tout prêts à vous brûler comme sorcière en récompense de votre aide ? Regardez-la donc, votre ville, ce jour d'hui…

Peest fit un geste qui englobait les façades aux auvents clos, les chariots vides délaissés, les potagers en friche.

– N'est-elle pas belle, enfin ? Silencieuse et calme. Plus de désordre. Les hommes insolents ont fermé leur clapet.

Mirella se sentit troublée. Elle avait apprécié de marcher dans la ville déserte. Le silence couard des habitants terrés derrière leurs murs avait fait naître en elle un plaisir inédit. Il lui avait semblé qu'enfin le monde lui appartenait. Elle aurait mieux encore aimé s'y promener avec Peest, main dans la main, comme en leur domaine. Il lui avait été aisé de jouer la danse macabre en l'église pour le jeune homme, parce qu'elle comprenait ses goûts et les partageait.

– Les humains ne valent mie ni miette, dit Peest. Rien n'est plus plaisant que de faire le ménage ici-bas. Désencombrer la terre de leurs cris, agitations et salissures, et admirer un beau lever de lune sur la nature libérée.

Peest lui tendit la main.

– Venez avec moi. Vous avez d'immenses pouvoirs. Vous avez aperçu mon monde. Vous y auriez votre place. Bien mieux qu'ici. Voyez comment, en cette terre, vous êtes traitée.

Le cœur de Mirella se mit à battre. Peest attisait la colère qui l'avait rongée dans le cachot. Elle avait envie de se venger, de leur faire à tous ravaler leurs brimades.

– Je m'occuperai de Guerric et du bourgmestre, ajouta Peest. Je vous le promets. Ce seront les derniers dont j'emporterai l'âme. Et je ferai bien lentement ma besogne.

Mirella demanda, dans un souffle, sans réfléchir aux mots qui sortaient de sa bouche :

– Et je pourrai regarder ?

Peest frémit. C'était bien la première fois qu'une femme voulait l'admirer dans son travail. Jamais il ne s'était senti autant transporté. Mirella prit la main qu'il lui tendait.

Il mit son autre main sur la taille de la jouvencelle et s'inclina. Mirella entendit qu'il l'invitait à danser.

Nulle invitation ne pouvait tant lui plaire. De sa main libre, elle joua un air de flûte. Elle fantasia une mélodie valsante, et souffla avec telle force que l'air entraînant tourna en écho dans la douce fraîcheur de cette nuit d'été. Elle glissa la flûte dans une poche de son surcot, posa la main sur l'épaule de Peest et se mit à tournoyer.

Mirella conduisait la danse. Peest la suivait sans hésitation, comme si son corps s'était accordé au sien. Le plaisir de valser en sa compagnie était grisant. Elle aurait voulu qu'il ne s'arrête jamais.

– Venez avec moi, lui dit-il à nouveau. Vous n'avez rien à faire céans. Vous êtes bien supérieure à toute la racaille qui grouille en cette ville, que j'entends bien purger.

Mirella ferma les yeux. Peest avait chuchoté ces mots tout près de son oreille. Le souffle du jeune homme sur sa peau déclenchait des petits frissons qui couraient fort agréablement le long de sa colonne vertébrale. Elle sentit qu'elle était prête à se laisser emporter, et à faire tout ce que Peest lui demandait.

Elle rouvrit les yeux.

Elle s'aperçut que Peest, insensiblement, avait pris la mesure, et que c'était lui maintenant qui guidait leurs pas de danse. Ils virevoltaient avec puissance, au-dessus du sol, dans un mouvement étourdissant, qui faisait voler ses cheveux. Les bras de Peest étaient autour de sa taille et la soulevaient comme une plume, et sans doute auraient-ils pu l'emmener par-dessus les toits des maisons. Qu'il était plaisant de se laisser ainsi ravir !

Mais Mirella s'était promis de ne se laisser plus conduire par personne. Elle fronça un sourcil, et la mélodie s'éteignit. Peest s'arrêta à regret, sans pourtant lâcher sa taille. Mirella sentit à nouveau le sol sous ses pieds et s'en trouva plus sage, moins emportée. Elle portait une couronne, un beau surcot, mais elle avait toujours les pieds nus.

– Laissez ces pauvres gens derrière vous, dit Peest. Ils sont condamnés. J'emporterai toutes les âmes d'Hamelin cette nuit.

Mirella le regarda dans les yeux. Désormais plus rien ne serait comme avant. Elle était enfin libre. Sa décision était prise. Elle se moquait d'être une sorcière, d'attiser la peur des imbéciles, comme le prêtre ou Lottchen. Elle embrasserait son destin.

– C'est entendu, dit-elle. Allez. Vous n'aurez pas trop que de toute la nuitée pour faire votre besogne. Je vous attendrai au lever du soleil.

Les yeux de Peest brillèrent. Il s'inclina et disparut, partant collecter les âmes.

Mirella ne perdit guère de temps. Dès qu'il ne fut plus en vue, elle se mit elle aussi en route, dans la direction opposée. Elle mit sa flûte à la bouche. Elle pensa aux drolissous qui jouaient sur une planche à roulettes, dansaient en ronde autour d'elle, ou barbotaient dans une bassine d'eau. Elle se souvint de sa propre enfance, qu'elle avait définitivement quittée, mais qui restait en elle, précieuse et bien cachée.

Elle entonna une mélodie joyeuse, puérile, qui seuls aux enfants parlerait. Elle arpenta les rues d'Hamelin en jouant cette joyante turelure. Dès qu'ils entendirent la musique, les enfants d'Hamelin, incapables de résister, quittèrent leur foyer en tapinois. Ils se glissèrent hors de la couche familiale, sans éveiller leurs parents, et sortirent dans les rues de la ville, où ils suivirent Mirella. Les jumelles orphelines et le jeune apprenti du fossoyeur se joignirent à eux.

Les plus grands prenaient les petits par la main. Le fils du lépreux, du haut de ses cinq ans, trottait aussi prestement que les aînés.

Les enfants étaient heureux de quitter leur maison barricadée, de sortir de cette prison, avant qu'elle ne devienne leur cercueil. Nus pieds, en chemise de nuit, ils sautillaient gaiement entre les cadavres.

Ils ne se retournèrent pas pour appeler leurs parents, les inviter à les suivre, ou même leur faire leurs adieux. Ils savaient que les adultes n'osaient plus quitter leur lit, ou approcher de leurs rejetons, de peur de la contagion. Et puis les grandes personnes avaient tant de soucis ! Elles avaient des portes et auvents à cadenasser, des sols à récurer, de la nourriture à provoir, des pécunes à recompter, autant de besognes qui les empêchaient de fuir Hamelin pour aller à l'aventure. Alors qu'eux étaient libres, et n'avaient pas peur.

Oyant partir leurs enfants, quelques pères et mères aimants, les derniers – ils étaient peu nombreux – se réveillèrent. En versant des larmes, ils les laissèrent aller, certains que leurs petits seraient sauvés, alors qu'il était trop tard pour eux. L'âme déchirée, ils les regardèrent rejoindre le cortège par l'entrebâillement de leur fenestrou.

Dehors, les enfants heureux et ingrats se mirent à chanter.

La fatrasie des enfants

Ci dansent cent enfants, fan, fan
Fantastique fanfare, far, far
Farandole pour l'envol, vol, vol.

Voleuse aux cheveux roux, rou, rou
Rouvre-nous un chemin, min, min
Main dans la main allons, lon, lon.

Longtemps on marchera, ra, ra
Rassurés car jamais, mé, mé
Mélodie fut plus gaie, gai, gai.

Guette et chasse le fléau, hé, ho,
Haut les cœurs, loin la peste, esse, esse
Esquive réussie, si, si.

Ci dansent cent enfants, fan, fan…

À cause de sa blessure, Pan avait du mal à suivre leur course joyeuse dans les rues d'Hamelin. Mirella l'attrapa et le jucha sur ses épaules. Elle passa devers une maison où tout le monde était mort, sauf un nourrisson. Elle entra, prit le bébé et l'attacha contre son sein.

C'est ainsi, quelques heures plus tard, que Peest la vit arriver : un gamin sur les épaules, un minot contre la poitrine, une horde de petits danseurs derrière elle et les lépreux qui suivaient, attentifs, juste derrière.

– Vous m'avez menti, dit-il.

– Oui, dit Mirella.

Elle ne suivrait pas Peest. Oh, elle en avait été bien tentée ! Mais elle pouvait encore sauver les enfants et les lépreux. Elle les conduirait sains et saufs hors des griffes de la Peste. Qu'il essaye donc de s'attaquer à ceux-là, et il verrait un peu quelle musique elle ferait siffler à ses oreilles ! Mirella posa Pan, lui confia le bébé et se tint face à Peest, prête à l'affronter.

– Vous avez choisi les plus faibles, lui fit-il remarquer.

– Que nenni, répliqua Mirella. Je prends avec moi les meilleurs. Ceux qui savent survivre au mal qui ronge leur corps (elle gestura en direction des lépreux), et ceux qui ont tenu jusque-là sans jamais abandonner (elle montra les enfants qui se riaient de la mort).

Elle ajusta sa couronne.

– Ce sont les miens, désormais. Je suis leur reine. Essayez donc de toucher à eux, et vous verrez.

Elle avait parlé avec feu, la flûte en main. Peest ne douta pas qu'elle parviendrait à le repousser. Il la trouva plus ensorcelante que jamais. Il admettait qu'elle lui tienne tête. Peut-être même en était-il heureux.

Il s'inclina et lui montra la grand-porte.

– Laissez-moi m'occuper du dernier garde qui pourrait vous empêcher de partir, dit-il, en homme galant.

Mirella secoua la tête. Elle avança en direction du garde. Il lui lança un regard terrifié. Elle l'assomma simplement d'une note aiguë.

Peest ajouta :

– En ce cas, permettez-moi au moins de vous offrir ceci.

Il lui tendit le coffre plein d'or du bourgmestre. Mirella fit signe aux lépreux de s'en charger. Elle se demanda où était Gastun. Si elle le croisait, elle ne manquerait pas de lui donner sa part.

Elle jeta un regard pétillant à Peest pour le remercier.

– Je vous dois encore un chant, je ne l'ai pas oublié, dit-elle.

Peest lui sourit.

– Lors de notre prochain rendez-vous, alors, dit-il.

En deux bonds légers, Mirella était sur lui. Peest n'eut pas le temps de se garder.

Mirella l'embrassa. Cette fois-ci, point de flûte entre leurs bouches, point de baiser en notes de musique. Elle posa ses lèvres sur les siennes.

À cet instant, elle en avait eu terriblement envie. Après tout, peu de damoiselles peuvent se vanter d'avoir échangé leur premier baiser avec un émissaire de la Mort.

Peest en resta tout ébaubi. Il ferma les yeux, emporté par la musique. Le temps qu'il les rouvre, Mirella était déjà en route, et il ne put que regarder la jeune fille qui s'éloignait d'un pas dansant, portant haut sa tête couronnée, suivie de son peuple. Ils se retrouveraient.

Peest sourit à cette pensée.

Mirella ne savait pas où elle allait. Et jamais elle n'avait été aussi heureuse de départir ainsi à l'aventure. Elle découvrirait le monde hors d'Hamelin. Ils avaient de l'or en quantité. Les lépreux s'occuperaient bien des enfants. Les petiots seraient toujours libres de retourner chez eux s'ils le souhaitaient, après la fin de l'épidémie.

Mais, pour l'heure, ils partaient vers l'inconnu. Ils étaient sains et vifs, ils étaient libres, et personne ne leur dirait dans quel ordre se placer. Nul ne les empêcherait de chanter et danser. Ils iraient loin et reviendraient le plus tard possible.

Ou jamais.

Et avant de continuer à jouer pour eux sur la route, Mirella fredonna une petite chanson, tout bas, rien que pour elle.

La ballade amoureuse de la peste

Je me suis trouvé un ami
La peste soit de ce drôle d'homme !
Je me suis trouvé un ami
Et depuis j'ai d'étranges symptômes.

Mignonne, avez-vous la courante ?
De malodorants flux de ventre ?
Une blessure purulente ?

Monsieur, je ne suis pas si mal allante

J'ai perdu l'appétit
Tout le jour je souris.

Mignonne, souffrez-vous de frissons ?
Avez-vous des palpitations ?
La peau couverte de boutons ?

Monsieur, ne vous faites point tant de mouron
Je suis prise de langueurs
Mon esprit est rêveur.

Mignonne, crachez-vous du sang ?
Faites-vous des vomissements ?
Des pourrissements sur la dent ?

Monsieur, je ne ressens pas de tourments.
Je suis un peu fiévreuse
Me voilà amoureuse.

Quant à ceux qui protestent
De cet amour funeste
Pour un semeur de peste
Fi donc ! Je vous l'atteste
Le Sire est sans conteste
Un excellent danseur.

*
* *

Ainsi se termine la véritable histoire d'Hamelin. Comme vous voyez, c'est une autre chanson ! Un air bien différent de celui qu'on fredonne aux enfants, et dont les lecteurs, selon leur discernement, tireront quelque enseignement.

Laissez les jeunes filles danser et, parées ou dévoilées, circuler dans la cité, ou bien il pourrait vous en coûter. Suivez les enfants inconscients, qui jamais ne doutent, n'hésitent ni ne tremblent. Et méfiez-vous des contes. Qui sait, derrière ces badines historiettes. quelles terribles vérités sont cachées ?

Table des matières

Lexique

ACAGNARDER (S') : paresser.

ACCOINTER : se lier, se familiariser avec quelqu'un.

ALBERGUIÈRE : femme qui tient une auberge.

ANTIENNE : chant religieux, verset dit par le prêtre et répété par les fidèles.

ATTIFURÉ : vêtu.

AUVENT : volet.

AVENABLE : avenant, agréable à voir.

BAGUENAUDE : forme poétique médiévale libre, sans règles de versification.

BAILLER : donner.

BARGUIGNER : hésiter.

BATACULER : basculer, tomber.

BATELEUR : personne qui fait des tours d'adresse ou de force sur les places de village ou dans les foires.

BEFFROI : haute tour qui comporte une cloche.

BOISSEAU : récipient cylindrique qu'on remplit de graines, de liquide…

BOUTER : repousser.

CABASSER : bavarder.

CALIBORGNON : qui voit mal, qui louche.

CÉANS : ici.

CHALOIR : être important (« peu me chaut » : « peu m'importe »).

CHAUSSE : vêtement porté au Moyen Âge, sorte de bas qui montait jusqu'en haut des cuisses.

CHEF : tête.

CHICHE-FACE : avare.

CHIFONIE : instrument de musique médiéval, sorte de violon.

CHOIR : tomber.

CLAMPINER : traîner.

COMPLIES : dernière prière de la journée.

CONFABULER : bavarder.

CONTRESTER : résister, s'opposer.

COUPE-JARRET : criminel, assassin.

COURTINE : enceinte autour d'une ville ou rideau de lit.

CORNET À BOUQUIN : instrument de musique médiéval, sorte de flûte taillée dans une corne.

CROMORNE : instrument de musique médiéval, sorte de hautbois à bout recourbé.

CRWTH : instrument de musique médiéval, avec des cordes frottées par un archet.

DÉCONFIR : perdre confiance en soi, ne plus savoir où se mettre.

DERECHEF : aussitôt.

DOLENT : souffrant, malade.

ÉBAUBIR (s') : s'étonner.

ÉCHEVIN : magistrat désigné par le seigneur d'une terre, pour l'administrer.

EMMITOYER (s') : fréquenter, avoir des relations charnelles avec quelqu'un.

ESBAUDIR (s') : se réjouir, s'amuser.

ESCARGOTER (s') : se traîner comme un escargot.

ESTRILLER : battre, frapper rudement.

ÉTUVE : établissement de bains publics au Moyen Âge.

EXEMPT : officier qui procédait aux arrestations.

FANTASIER : inventer.

FATRASIE : forme poétique codifiée du Moyen Âge, dans laquelle les phrases n'ont pas de sens.

FRANCHEREPUE : repas copieux.

GALAPIAN : enfant, vaurien, garnement.

GAMBILLER : danser.

GARCE : femme, fille.

GARCELETTE : jeune femme, jeune fille.

GARGOTE : petite auberge.

GAUSSER (SE) : se moquer.

GAUSSERIE : moquerie.

GENT : beau et élégant.

GOBERGER (SE) : se moquer.

GOULER : boire.

GUSLE : instrument de musique médiéval, sorte de lyre.

HALLEBARDE : arme en forme de lance, avec une pointe ou un fer de hache au bout.

HEAUME : casque de chevalier.

HÈRE : homme pauvre.

HOURVARI : tapage, tumulte.

HUCHER : crier.

HUIS : porte extérieure.

INCONTINENT : aussitôt.

JACTANCE : parole.

LAUDES : prière récitée avant le lever du soleil.

MAISNIE : ensemble des habitants d'une maison.

MALENGROIN : fatigué et de mauvaise humeur.

MARAUD : petit truand.

MARGOUILLIS : taudis plein de boue et d'ordures.

MATINES : première prière de la journée.

MORTIR : tuer.

MOULT : beaucoup.

NAVRER : blesser.

NAVRURE : blessure.

NOISE : problème, querelle.

OCCIRE : tuer.

ONQUES : personne (« onques ne vint » : « personne ne vint »).

OUÏR (oyant, oyez) : entendre.

PARPAL : poitrine.

PÂTIMENT : douleur.

PICANIER : se moquer, taquiner.

PIED-POUDREUX : colporteur.

PIMPLOCHER (SE) : s'apprêter, se faire beau.

PINCEMAILLE : avare.

PLEURE-PAIN : avare.

POUITRER : palper rudement.

PRIME : prière récitée à l'aube.

QUÉRIR : aller chercher.

QUINAUD : honteux.

RAMENTEVOIR (SE) : se rappeler.

REBISCOULER (SE) : se reposer, reprendre des forces.

RENCOIGNER (SE) : se cacher dans un coin.

REPUE : plat, repas.

RIBAUD : personne débauchée.

SIS, SISE : être situé. e (participe passé de seoir).

SACQUEBOUTE : instrument de musique médiéval, sorte de trombone.

SEXTE : prière dite au milieu de la journée (« à sexte » : « vers midi »).

SURCOT : vêtement de dessus, sorte de robe qui couvre le buste et les jambes.

TABUSTAGE : tapage.

TIERCE : prière dite en milieu de matinée.

TOUAILLE : tissu dont les femmes se couvraient les cheveux.

TOURET : coiffe composée d'un tour de tissu posé en couronne sur les cheveux.

TRANCHE-MONTAGNE : fanfaron, vantard.

TRÉPAS : mort.

TRÉPASSER : mourir.

VÊPRES : prière dite au coucher du soleil.

VIL : bas, méprisable, abject.

VIRELAI : forme poétique médiévale destinée à être chantée et dansée.

VOLTE : sorte de danse.

Parlader comme au temps jadis, c'est aisé !

Pour donner une couleur médiévale à un texte, tu peux :

– Remplacer les lettres « â », « î » ou « ê » à l'intérieur des mots par « as », « is » et « es » (exemples : « forest », « feste », « fenestre », « beste », « bastir », « pasle », « isle ») ;

– Mettre l'adjectif de préférence devant le nom ;

– Remplacer « ne... pas » par « ne... point » et « très » par « fort » ;

– Remplacer « donc » et « avec » par « doncque » et « avecque » (ou même « avecques », si tu veux vraiment rajouter plein de lettres) ;

– Employer les mots ci-dessous, qui sont très proches du français moderne :

S'apenser
L'ardure
Assavoir
Être attendrézi
Attenter de faire quelque chose
Un chapel
Aux commençailles

Un compain
Conforter
Être contristé
Un coutel
Des criements
Le déconfort
Être déconnu
Se défier de quelqu'un
Au départir
Devers
Un drapel
Être émeuvant
S'encolérer
Encontrer quelqu'un
Ensuivant
À l'entrance
Envisager quelqu'un
Être épeuré
Le fenestrou
Avoir fiance en quelqu'un ou quelque chose
Gesturer
Gloutir
Guerpir
Icelui, icelle, iceux
Incrédible
Ce jour d'hui
Être malaisant
La malepeur
Mander
Un mantel
Un martel
Maugré
Être mélancolieux
Mignotte
Un morcel
Œiller
À la parfin
Un pensement
Être penseux
De prime abord
Un rigolement
La souplette
Un souris
Un tentement
Une tostée
À grands trottons
La vêture

Bonus

insulte ton ou ta pire ennemi.e en ancien français !

Ribaud !
Niquedouille !
Maroufle !
Espèce de coquefredouille !
Fieffé coquebert !
Bougre de godinette !
Malévole folieuse !

La grand merci...

... à dame Véronique Girard, pour sa joyance
et ses doux soings, lesquels grandement aidèrent
à confire cette historiette.

... à Élina Chantreau, gente damoiselle qui me fit
l'heur d'une relecture attentive, précise et fort utile
de mon manuscrit.

... à la maisnie Vesco-Serris, laquelle m'accompagne et
me conforte, et chaperonne attentivement mes ouvrages.

... à l'enlumineuse Mayalen Goust, qui peignit une
tant belle scène de couverture ; et à Laure Chapuis,
qui de main de maistre dirigea l'ornementation,
reliure et confection de ce codex.

... à Coline R., jouvencelle émerveillable, qui tant
estoit gentillette qu'elle m'escrivit un biau poëme
célébrant ce roman.

... et si fait, à toute la vaillante troupe de l'escole
des loisirs : Nathalie B., Guillaume F., Véronique H. et
tous les autres, gens fort courtois, aimables et pleins
d'allégresse en leur plaisant labeur.

De la même autrice à *l'école des loisirs*

Collection M +

D'or et d'oreillers

Découvrez les premiers chapitres :